AF110325

www.ingramcontent.com/pod-product-compliance
Lightning Source LLC
LaVergne TN
LVHW021302080526
838199LV00090B/5991

* 9 7 8 9 3 5 8 7 2 3 9 1 5 *

منتخب عصری افسانے

(حصہ : 1)

(سہ ماہی 'ثالث' کے شماروں سے منتخب افسانے)

مرتب:

اقبال حسن آزاد

© Eqbal Hasan Azad

Muntakhab Asri Afsane - 1 *(Short Stories Anthology)*
by: Eqbal Hasan Azad
Edition: November '2024
Publisher :
Taemeer Publications LLC (Michigan, USA / Hyderabad, India)

ISBN 978-93-5872-391-5

مرتب یا ناشر کی پیشگی اجازت کے بغیر اس کتاب کا کوئی بھی حصہ کسی بھی شکل میں بشمول ویب سائٹ پر اَپ لوڈنگ کے لیے استعمال نہ کیا جائے۔ نیز اس کتاب پر کسی بھی قسم کے تنازع کو نمٹانے کا اختیار صرف حیدرآباد (تلنگانہ) کی عدلیہ کو ہو گا۔

© اقبال حسن آزاد

کتاب	:	**منتخب عصری افسانے (حصہ: 1)**
مرتب	:	**اقبال حسن آزاد**
صنف	:	فکشن
ناشر	:	تعمیر پبلی کیشنز (حیدرآباد، انڈیا)
سالِ اشاعت	:	۲۰۲۴ء
صفحات	:	۷۶
سرورق ڈیزائن	:	تعمیر ویب ڈیزائن

فہرست

(۱) طائر لاہوتی	غلام حسین غازی	6
(۲) سوٹھا	معظم شاہ	11
(۳) لمحوں کی قید سے رہائی	فرحین جمال	14
(۴) دروپدی جاگ اٹھی	رینو بہل	20
(۵) جادوگر	اقبال حسن آزاد	31
(۶) مسکراتے شہر کا آخری اداس آدمی	محمد جمیل اختر	34
(۷) قصاب کی محبوبہ	شموئل احمد	37
(۸) ہڈیاں	اسرار گاندھی	44
(۹) سفید لباس، سیاہ راتیں	احمد رشید	48
(۱۰) وائرس	تنویر احمد تماپوری	54
(۱۱) کھڑکی میں اگا وجود	زویا حسن	59
(۱۲) رفاقت	آسیہ رئیس خاں	66
(۱۳) سو روپے کا نوٹ	تاج الدین محمد	69
(۱۴) شور	نشاط پروین	73

● غلام حسین غازی

طائرِ لاہوتی

اس دنیا کے پرندوں میں وہ اپنے مزاج میں کوئی علیحدہ ہی طائر تھا۔ وہ کبھی غول میں اُڑتا، نہ ہی چگتا۔ وہ مختلف ملکوں، جاگیروں اور پراسرار اقلیموں میں تن تنہا لمبی اڑانیں بھرتا اور فطری حسن کے جلووں پر مسرت و انبساط کی ان کیفیات سے گزرتا جو ایک مقام پر بسنے والے طیور کو میسر نہ تھیں۔ سالہا سال کی جہان گردی نے اس میں مظاہرِ فطرت کے بغور مطالعہ کی عادت پختہ کر دی تھی۔ وہ اپنے شوقِ تجسس اور معلوم سے نامعلوم مقامات کی جستجو میں اپنی پروازیں لمبی سے لمبی اور دور دراز تک کرتا چلا گیا۔ اس نے اپنی پروازوں کے دوران تبت کے لاموں کو استغراق میں دیکھا، قونیا میں رومی کے مزار کے احاطوں میں درویشوں کو گھنٹوں مستانہ وار رقص کُناں دیکھا، اس نے ہندوستان کے مندروں میں سنہری پراسرار روشنیوں کے خمار آگیں ماحول میں دیوداسیوں کو محوِ رقص دیکھا، اس نے بلندیوں سے مکہ میں خانہ کعبہ کے گرد حاجیوں کو یوں طواف کرتے دیکھا جیسے کسی بڑے مقناطیس کے گرد لوہے چون کے ذرات کشش کے زیرِ اثر ہوں، اُس نے یہودی ربیوں کو دیوارِ گریہ سے سر ٹکرا ٹکرا کر اللہ کے حضور دعائیں کرتے سنا، اس نے آسٹریلوی وحشیوں اور امریکی مقامیوں کو فطرت کے رازوں کو سمجھنے میں منہمک دیکھا...... انہیں اسفار میں وہ افریقیوں کی آہ و بکا کا شاہد بھی بنا تو ٹنڈرا کی سٹیپیوں پر منگولیائی بھکشوؤں کے حلقوم سے نکلتی دل دہلا دینے والی آواز میں طریقہ عبادت سے بھی متاثر ہوئے بغیر نہ رہ سکا۔ اتنی لمبی پروازوں اور بھانت بھانت کے مشاہدات کے بعد اس میں ایک عجیب خواہش نے جنم لیا کہ وہ اس تمام رنگا رنگی کے پیچھے کارفرما راز سے واقفیت حاصل کرے اور جو مظاہرِ فطرت کلام کر سکتے تھے وہ ان تمام سے ہم کلام بھی ہو سکے۔ فطرت ہزار رنگوں سے پیدا ہوئی تو پھر مختلف اقوام کا یک رنگی اختیار کرنے پر زور کیوں...... بلکہ پر تشدد کیوں؟ وہ موت کے اسرار کو سمجھنا چاہتا تھا...... یہ خیال تو اس کے لیے سوہانِ روح کا درجہ اختیار کر گیا...... بلکہ وہ اس خیال کو بسا اوقات دماغ میں پیدا ہو جانے والے روگ سے تعبیر کرنے لگ گیا۔

وہ جہاں بھی جاتا تھا پرندے اس کی خواہش جان کر اس کا تمسخر اڑاتے، اور کچھ بوڑھے جہاندیدہ طیور اسے معنی خیز نگاہوں سے تولتے...... بعض اپنے سر سینوں میں دبا لیتے اور بعض بغلی پروں میں سر دے کر توقف کرتے...... پھر یوں گھمبیر آوازوں میں کہتے ”تو ضرور کامیاب ہوگا“۔ ریاضت بڑھا، کشٹ زیادہ کر دے، دنیا کے انسان تو دانائے کل...... مالک کل کے موجد ہیں، ان کے چرن چھو۔ ان میں کوئی نہ کوئی

تمہیں ایسا ضرور سکھا دے گا...... بتا دے گا، جوتو چاہتا ہے۔''

اس کے ان گنت اسفار کے دوران اسے بڑی دلکش، موہ لینے والی، بیڑیاں ڈال دینے والی، صرف اپنی ایک ادااور مدھرتا سے نروں کو پتھر کر دینے والی مادائیں ملیں......الٹاوہ ان کے لیے اجنبی محبوب بن جاتا اور خوب موج مستی کرتا پھر دل توڑتا، جذبات کچلتا، ان دیکھی دنیاؤں کے اسرارات کے عشق میں کوئی نا معلوم منزلوں کی طرف روانہ ہو جاتا۔

یونہی اڑتے، گھومتے پھرتے وہ ایک ایسے گھنے جنگل میں جا پہنچا جہاں تمام طیور نفسا نفسی کے عالم میں بوکھلائے پھرتے تھے۔ ہر کوئی اپنی اپنی چاہ کا اسیر تھا۔ وہاں سب ایسے رہ رہے تھے جیسے اپنی ہی اقلیم میں باہم پیکار ہوں۔ ان کی خواہشات بے حد سطحی اور مقامی تھیں۔ پہلی بار اسے اپنے آپ میں غرور محسوس ہوا کہ وہ طائر ضرور تھا......لیکن......شاید...... لاہوتی بن چکا تھا۔ وہ تاریکی اور دھند میں بھیگی اس اقلیم میں چندروز گزارنے کے بعد اپنی قدیم چاہت ''ہر جان دار سے ہم کلامی'' کی تکمیل کا منتر بتا دینے والے دانائے کامل کی تلاش میں سرگرداں ہو گیا۔

وہ جنگل تھا کیا؟

جنگل در جنگل دنیا جہاں کے خاردار، بے ثمر، بلند و بالا اشجار کے لامتناہی سلسلے اور کہیں آتشِ شمس میں جھلسی جھاڑیاں اور کہیں کہیں دور دور تک پھیلے ہوئے خود رو گھاس کے میدان۔ اسے یوں محسوس ہوتا ایسے بے ہنگام اور بے ترتیب و خاردار اشجار و جھاڑیاں کسی ہستی نے جان بوجھ کر وہاں کے طیور کو بے سکون و بے قرار رکھنے کو اگائے ہوں۔ بس بے ترتیب جنگل اور حبس زدہ مار دینے والی فضاء۔ وہ آزردہ چہروں اور نچے بال و پر والے قسم قسم کے چھوٹے بڑے طیور دیکھتا۔۔ ان سے ملتا لیکن کسی کے پاس وہ حکمت و دانائی یا راز نہ تھا جسے سیکھ کر وہ فطرت میں پائے جانے والی ہر ذی روح سے اس رنگا رنگی کے پیچھے کارفرما حکمت سمجھ سکتا۔

وہ دیکھتا رہا...... وہ سنتا رہا...... وہ محسوس کرتا رہا کہ اس اقلیمِ دل شکن کے طیور آج کے جدید زمانے میں بھی سختی سے ذات برادری پر کاربند تھے اور آباء کے چھوڑی لگ بھگ متروک اور تقریباً نا قابل عمل دانش پر دن رات بے معنی موشگافیوں میں مصروف رہتے۔ وہ کُن کی حقیقت کھولنے میں شد و مد سے، پرمغز بلکہ مغز ہلا دینے والے دلائل میں سر جھکائے مشغول رہتے......وہ اپنے ماحول میں زندگیوں کو تبدیل کر دینے والے ''کن'' کہہ دینے والی طاقت سے عاری تھے۔

وہ مجہول دماغوں سے اٹھنے والی باسی دلیلوں سے ان تمام عقل مند طیورِ عالم کی تنقیص میں اپنی ناقص عقل و فہم اور متروک دانش کے قلابے ملاتے نہ تھکتے...... وہ طیور جنہوں نے کرہ ارض پر اپنے اپنے

جنگلوں کو دلپذیر گلزاروں میں تبدیل کر لیا تھا۔ یہاں طائرِ لاہوتی ان کوڑھ مغزوں کی حالت زار پر کف افسوس ملنے کے سوا کر بھی کیا سکتا تھا۔ پھر یوں ہوا کہ ایک روز وہ اس اقلیمِ بے ہنگام سے ان دیکھی سمت اڑان بھر گیا۔

اُڑتا گیا، اُڑتا گیا۔ کوئی آدھ دن کی مسافت کے بعد اسے اتنا بلند درخت نظر آیا جو قریب ہونے پر بلند سے بلند ہوتا چلا گیا۔ اور پھر وہ اس درختوں کے باپ درخت کی چوٹی پر جا بیٹھا۔ تھوڑے ہوش وحواس بحال ہوئے تو وہ لگا آنکھیں پھاڑ پھاڑ دور نیچے درختوں کو دیکھنے۔ نیچے جنگل کے درخت اپنی قامت میں تھے تو بلند لیکن اپنے اوپر بسیرا کرنے والے بونسائی دماغوں والے طیور کی طرح اُتنی بلندی سے خود بھی بونے ہی نظر آرہے تھے۔ تبھی اسے گھنیری شاخوں...... اتنی گھنیری شاخیں کہ ان کے اندر چھپے شاہانہ سنگھاسن نما گھونسلہ تک شاید ہی کسی کی نظر جا سکتی...... اسی گپت گھونسلے سے ایک مادہ طائر کی آواز ابھرتی ہوئی سنائی دی...... جنسی رغبت سے بھرپور، سریلی سرگوشی...... ویسی سرگوشی اس نے ہند، سندھ، بلخ و بدخشاں، ترکستان، عربستان غرض کہ مغرب ومشرق میں کسی اقلیم، نہ ہی شمال وجنوب کے منجمد منطقوں میں کسی مادہ طائر کے گلے سے نکلتی سنی تھی۔ وہ ساکت وجامد ہمہ تن گوش ہو گیا۔ وہ اس سے گویا ہوئی۔

"اے طائرِ لاہوتی ی ی!"

ایک اجنبی آواز میں اپنا نام سن کر وہ دنگ رہ گیا۔

"مجھے ایک مدت سے تیرا انتظار تھا۔ تو اگر آشنائے حقیقتِ زماں ہے تو میں بھی دلوں میں بسنے والے رازوں کی نباض ہوں۔ تو جس جستجوئے نایاب میں شب وروز بے قرار رہتا ہے...... اس کی تشفی یہیں ہوگی۔"

وہ گنگ اور ساکت سر جھکائے اس آواز کی مالک طائرہ کے دربار کے باہر ہمہ تن گوش ہو چکا تھا۔ وہ اسے کوئی بلبلِ ہزار داستان لگی۔ لیکن کوئی ایسی طائرہ جس کے ایک پر کے حسن کے برابر بھی اس نے اپنے طویل اسفار میں کوئی اور مادہ طائر نہ دیکھی ہوگی۔ وہ بہت تیزی سے اپنے پردۂ بصارت وبصیرت پر اس حسنِ نایاب کی تصویر کشی میں پورا چوکنا اور مصروف ہو گیا۔ پھر اس نے زور سے سر جھٹکا اور اپنے زمرد یں پر پھڑ پھڑائے، سینہ پھُلایا اور بولا۔

"اے ملکہِ طیورِ زماں مجھے اندر آنے کا اِذن دے اور روبرو کلام کی جسارت بخش۔"

وہی سرسراتی ہلکی جلترنگی سرگوشی پردہ اسرار سے برآمد ہوئی۔

"ناں ں ں، سوچنا بھی ناں!!! تو اگر دیس بدیس، ملکوں ملک، وادیو وادی، گرم وسرد، خشکی وتری میں گھوم پھر کر رازہائے فطرت ووجہِ "کن" تلاشتا رہا ہے تو سن میں اس حبس میں نہائے جنگل کے کنٹوپ چڑھے طیور کی دنیا میں ایک تعصب کے مارے رواج کی قید کو قبول کر کے اس بلند وبالا سنگھاسن میں آزاد سوچوں کی زندگی

بسر کر رہی ہوں۔تو جیسی جسمانی پروازیں بھر کے زمانے کا شاہد بنا میں اپنے تخیل میں وہ تمام دنیائیں آباد کر کر کے ،مٹا مٹا کے فطرت کے رازوں کو سمجھتی رہی ہوں۔تیری جسمانی پرواز میرے تخیل کی پرواز کا مقابلہ نہیں کر سکتی۔''

وہ ادب و محبت میں سرشار منمنایا۔

''تو پھر......اے موجود میں لاموجود، کیا تو مجھے بھی دیکھ سکتی ہے یا نہیں؟ کیا میں بھی تیرے تخیل کی پیدائش ہوں؟''اس شاہی سنگھاسن سے پروں کے پھڑ پھڑانے کی آواز آئی۔اس زنِ عشوہ طراز نے اپنی دائیں ٹانگ پر جھکتے ہوئے بائیں ٹانگ اور بائیں پر بائے ہزار رنگ کو دور تک پھیلایا اور بولی۔

''میں نے برسوں تجھے اپنے تخیل میں تراشا پھر تیرا انتظار کیا۔تو میرے پردہِ بصارت پر ہے اور چشمِ تخیل میں مستقل طور پر کندہ ہے...... پر،تو مجھے نہ دیکھ پائے گا۔ نیچے دیکھا؟ کتنے تجھ سے بھی زیادہ حسین اور شِہہ پروں والے مجھ تک پہنچنے کو بے تاب ہیں لیکن مجھے نفرت ہے ان سے،ان کے کنٹوپ چڑھائے گئے دماغوں میں پلنے والی سوچوں پر۔''

وہ چیں بہ چیں ہوتے ہوئے گویا ہوا۔

''اے فضاؤں،اقلیموں کے سربستہ رازوں کی آشنا! میرے مدعا پر آ۔ جلدی کر، مجھے وہ بتا جس کی میں تلاش میں ہوں۔''

رنگ برنگ پردوں سے مزین گھونسلے کے اندر سے مشک بار ہوا کے سنگ وہی روح کو سلب کر لینے والی آواز آئی۔

''دیکھ اے جری طائرِ لاہوتی! جب تو آزاد ہے تو مشاہدہ تو کر سکتا ہے، مباحث تو کر سکتا ہے، اپنے آپ کو ہلکان تو کر سکتا ہے لیکن ''کُن'' کی حقیقت کو نہیں پہنچ سکتا۔ قیام کر، سکوت اختیار کر، تنہائی کی نعمت کو جذب کر، ہر تصورِ کُہن کو باطل کر، سوالات کو جنم دے، اپنے شب و روز کی ہیئت پر خود وجدان کر، تدبر کر، قیاس کر، اجتہاد کر اور تمام نقشِ کُہن کو مٹا دے۔ پھر جس اقلیم پر تیرا سایہ پڑے گا وہ تیرے تصور پر ڈھلتی چلی جائے گی۔ ہاں، اگر تو اس سے بھی آگے ذرّے کے جگر سے ہم کلامی چاہتا ہے تو چشمِ تصور میں براستہ مراقبہ اپنے ہی وجود کو تقسیم در تقسیم کے عمل سے گزار اور ہر جدا ہوتے ہوئے ذرّے میں دلِ بینا پیدا کر۔ تب کہیں جا کر تو کائنات کے جس مظہر پر نگاہ کرے گا وہ تجھ سے ہم کلام ہو جائے گا۔''

وہ باہر مستغرق بیٹھا سب سن رہا تھا۔ خاصے توقف کے بعد اس نے اپنے پر پھڑ پھڑائے اور شکر گزار لہجے میں ان دیکھے پیکرِ جمالی کے سامنے تھوڑا جھکتے ہوئے بولا۔

''اے ہستیِ جلال و جمال، اے دہنِ خوش کلام، اے واقفِ اسرارِ ہستی جو تو نے سنایا میں نے سن

لیا، جوتو نے سمجھایا میں نے سمجھ لیا۔اب اجازت دے کہ میں کسی مناسب مقامِ معتدل پر جا کر قیام کروں اور وہ سب کروں جو تو نے بتایا۔''

سات پردوں کے پیچھے سے ایک بے قرار اور قدرے بلند آواز ابھری۔

''مناسب ہے اب تو تاعمر یہیں اِن پردوں کے باہر قیام کر اور اپنی بقیہ عمر مجھے دان کر۔ پھر تیرے جیسا شاید میرے دل کے سنگھاسن پر نہ بیٹھ سکے۔ دیکھ! میں نے تیرا انتظار کیا۔تو ہر اقلیم کا ہری چگ رہا۔ کبھی میرے ضبط کے بندھن ٹوٹ گئے تو میں تجھے اندر آنے اور اپنے وجود میں سمانے کی اجازت دے دوں گی۔ ناں جا!''

وہ باہر خاموش رہا۔ بہت دیر گم سم بیٹھا رہا۔ پھر کھنکھار کر گلا صاف کرتے ہوئے بولا۔

''میں تیری انمول محبت کی قدر کرتا ہوں۔ یقین رکھ اس شعور میں آج تک کا سارا تصوّرِ محبت تو نے سلب کر لیا۔ میں تیرے کلام سے راز پا گیا۔تو نے اپنی تنہائیوں میں تخیل کے وہ جہاں آباد کیے ہوئے ہیں جن کی تو ملکہ ہے۔ حتیٰ کہ میں بھی تیرے تخیل کی مادی صورت میں تیرے حضور آ پہنچا۔ لیکن، اب مجھے کہیں دور تنہائی کے گرداب میں گرنا ہے اور تخیل کے رستے جسم کو تقسیم در تقسیم کے عمل سے گزارنا ہے۔ پھر ہر ذرہِ جسم و روح میں ایک چشمِ بینا پیدا کرنی ہے۔ میرا مقصود، میری منزل کٹھن ہے۔ مجھے یقین ہے تو اپنے تخیل میں دوبارہ کوئی بھی مجھ جیسا پیدا کر لے گی اور کوئی بعید نہیں وہ کسی روز تجھ تک پہنچ بھی جائے۔ اب میں تجھے سپردِ خدا کرتا ہوں۔''

وہ اڑ گیا۔ نیچے جنگل میں کنٹوپ پہنے پرندے سنتے رہے کہ بلند سنگھاسن میں رواجات کی قیدی بلبلِ ہزار داستان کے گھونسلے سے آہ وزاری کی آوازیں کئی روز آتی رہیں۔ پھر مستقل، زندگی کی حرارت سے عاری ٹھنڈی خاموشی چھا گئی۔

اودھر طائرِ لاہوتی جن جن اقلیموں میں سالانہ یاترا پر جاتا تھا، وہاں کے طیور اس کی راہ تکتے تکتے بوڑھے ہوئے پھر مرتے چلے گئے۔ حتیٰ کہ مغرب کے اقلیموں میں وہ آخری پرندہ بھی مر گیا جس کی یادداشت میں اُس طائرِ لاہوتی کی برسوں پہلے سالانہ یاترا کی یادیں تھیں۔

◀◀ ● ▶▶

● معظم شاہ

سوٹھا

''بی بی جی، آپ کے پاس آ بیٹھتی ہوں تو اپنی ماں جیسا سوٹھا ہوتا ہے مجھ کو۔ بالکل ایسے لگتا ہے جیسے اس جنتی کے پاس بیٹھ گئی ہوں، دکھ تو مانو خود لفظوں میں بہنے لگتے ہیں۔''

وہ ماسی سکینہ تھی، اونچی لمبی مضبوط جسم اور ہاتھ پاؤں والی، سیاہ رنگت، موٹی موٹی آنکھیں، چہرے پر عمر کچھ لکیروں میں ان گنت کہانیاں چھوڑ گئی تھی۔ ایک کہانی اس کے بیٹے کی جواں مرگی کی تھی تو دوسری بہو کے تین بچے چھوڑ کر کمہاروں کے لڑکے کے ساتھ بھاگ جانے کی۔ ماسی اعوانوں کی برادری سے تھی، دھیلے کی امداد لینا گوارہ نہ کیا، قریبی قصبے میں نسوار کوٹنے پر لگ گئی جس کام سے مرد عاجز آ جایا کرتے تھے وہی کام ماسی جانے کتنے برسوں سے بلا ناغہ کیے جا رہی تھی۔

پیرزادے پڑھائی لکھائی میں عموماً پیدل ہی رہتے ہیں لیکن میرا مزاج مختلف تھا، دادی اماں پیار بھی بہت کرتی تھیں۔ دادی اماں بھی اپنے مزاج کی الگ شخصیت تھیں، بھلے وقتوں کی مڈل پاس تھیں، دھان پان سی جسامت گورا چٹا رنگ نیلی آنکھیں اور سنہرے بال اور اتنی شفیق کہ سبھی ان کا لاڈ سے احترام کرتے تھے، ڈر کر نہیں، وہ فارغ وقت میں مزے سے 'حور' اور 'زیب النساء' پڑھتی تھیں۔ وہ دن بھر حویلی کے صحن میں بیٹھ کر تعویز لکھا کرتیں۔ دن کے وقت ان کے پاس عورتوں کو جمگھٹا لگا رہتا لیکن ظہر کی نماز کے بعد اکا دکا عورتیں رہ جاتی تھیں، ماسی سکینہ نے جب بھی آنا ہوتا، ہمیشہ اسی وقت نازل ہوتی اور دادی اماں کی خدمت میں لگ جاتی، کبھی کنگھی کر کے دے رہی ہے تو کبھی ٹانگیں دبا رہی ہے۔ ساتھ ساتھ باتیں کیے جاتی، کبھی ہنس پڑتی تو کبھی آنسو اس کے چہرے پر مسلسل لکیریں بنانے لگتے۔

آج بھی میں سکول سے آیا تو بھوک سے پیٹ میں درد ہونے لگا تھا۔ میں نے کبھی سکول سے لے کر کچھ نہیں کھایا تھا، چار آنے روز کی جیب خرچی ملتی تھی جو میں اپنے مٹی کے خزانے میں ڈال دیا کرتا تھا، کبھی گھر میں کسی کو پیسے ضرورت ہوتے تو میں خزانہ توڑ دیتا اور دادی اماں دوسرے دن پھر کمہاروں سے نیا خزانہ منگوا دیتیں، انہیں میری بچت کی عادت اچھی لگتی تھی۔ چولھے پر دھری مٹی کی ہانڈی سے اٹھتی خوشبو کی لپیٹیں بتا رہی تھیں کہ کھانے میں مرغا ملے گا، بس زرا صبر۔ اور میں صبر کیے بیٹھا تھا۔ ایک مریدن تنور پر روٹیاں لگا رہی تھی، چھوٹی پھپھو دیگر کاموں میں مگن آتے جاتے ہانڈی کو دیکھ رہی تھیں، ان کے ہاتھ میں

ذائقہ بھی بہت تھا۔

پتا نہیں کون سی بات پر اچانک میرے کان ماسی سکینہ کی طرف لگ گئے ، مجھے بھوک لگی تھی اور بات وہ بھی بھوک ہی کی کر رہی تھی۔ وہ گزشتہ دن کی روداد سنا رہی تھی ،نسوار کوٹنے سے فراغت پر گاؤں واپس آنے لگی تو کیا ہوا۔

''بی بی جی ، کیا بتاؤں ۔مشقت کے کام کے بعد کوئی بھوک لگتی ہے؟ ایسی کہ گویا کوئی اندر سے پیٹ کھرچ رہا ہو۔ میں قصبے کے چوک میں پہنچی تو کباب کی خوشبو آئی ، میں نے دل سے کہا ،کیا مانگتا ہے؟ دل نے کہا ، کباب اور روٹی ۔ میں نے کباب والے سے پوچھا،ایک ٹکی کباب اور روٹی کتنے کی دو گے؟ بولا ، چار آنے کی ۔ میں نے کہا، چھوڑ دِلا ، میں دو روپے کی دیہاڑی کمانے والی، آٹھ آنے کی عیاشی کرلوں تو جو تین معصوم میرے انتظار میں بھوکے بیٹھے ہوں گے ان کے منہ میں چوگ کون ڈالے گا۔ مینو، چھے سال کی ہوگئی ہے کل سولہ کی ہو جائے گی تو اسے رخصت کرنا ہے، میں آٹھ آنے کی عیاشی کر سکتی ہوں بھلا؟ دل تو پاگل ہے نا بی بی جی ،اسے سمجھانا پڑتا ہے،شکر ہے کہ سمجھ جاتا ہے، زیادہ ضد نہیں کرتا۔ قصبے سے باہر نکلنے لگی تو پکوڑیوں والے پر نظر پڑی ، دل سے پوچھا، کیا مانگتا ہے؟ دل نے کہا، اگر چار پکوڑیاں گرم گرم ایک روٹی پر رکھ کر کھاؤ تو کتنا مزا آئے گا۔ میں نے پکوڑیوں والے سے پوچھا،ایک روٹی اور پکوڑیاں کتنے کی دو گے؟ اب جی ہر چیز کو تو آگ لگی ہے، کمبخت منہ پھاڑ کر بولا' دو آنے کی'۔ دل نے کہا لے لو، بہت مزے کی ہیں۔ کھا کر چلنے کے قابل ہو جاؤ گی ۔لیکن بی بی جی ، ان تینوں کی شکلیں پھر خیال میں آ گئیں اور مجھ سے وہاں رکا ہی نہیں گیا۔''

اس دوران دادی اماں کبھی چہرے کے تاثرات سے اور کبھی ہوں ہاں میں اسے جواب دے رہی تھیں ۔وہ آگے کہنے لگی۔

''گاؤں کے پاس پہنچی تو دل نے کہا، موٹا موٹا دہی ہو اور کاشک سے کھاؤ تو کتنا مزا آئے ،لیکن میں نے اس بدبخت کی ایک نہیں سنی، تیز قدموں سے گھر پہنچی اور چکی پیس، آٹا گوندھ ، بچوں کا پیٹ بھرنے کا سامان کرنے لگی۔''

پھپھو میرے سامنے مٹی کے طباخ میں سالن، روٹیوں کی چنگیر اور ایک مکھڈی حلوے کی پلیٹ رکھ گئی تھیں ، یہی کھانا اسے اور دادی اماں کو بھی دیا۔ اس نے روٹی کی طرف ہاتھ بڑھایا اور زور سے ہنس پڑی۔''بی بی جی ، مجھے تو یاد ہی نہیں رہا، پیٹ بھر کے کھا کر آئی تھی۔'' وہ دادی اماں کے پاؤں کو ہاتھ لگا کر اٹھی اور چھیل سر پر رکھ کر تیزی سے جانے کے لیے پلٹی ، آنسو اس کے چہرے پر پھر لکیریں بنا رہے تھے۔

نوالہ میرے حلق میں اٹکنے لگا۔ میں نے چنگیر سے روٹیاں اٹھائیں، باورچی خانے سے دسترخوان لیا اس پر روٹیاں رکھ کر اوپر مکھڈی حلوے کا طباخ رکھا اور دودھ کی چھوٹی بالٹی میں سالن ڈال کر تیزی سے باہر لپکا۔ واپس گھر آیا تو دادی اماں کھانا چھوڑ کر بیٹھی تھیں۔ ان کا چہرہ سرخ ہو رہا تھا جیسے تیز بخار ہو، انہوں نے میرے چہرے پر نظریں گاڑ دیں، میں ڈر گیا۔ انہوں نے پاس بلایا، کھینچ کر سینے سے لگا لیا اور ہچکیوں کے ساتھ رونے لگیں، کبھی میرا چہرہ ہاتھوں میں لے کو چومتیں، کبھی مجھے ساتھ لپٹا لیتیں۔ وہ بچوں کی طرح رو رہی تھیں، چھوٹی پھپھو چپ کراتے تھک گئیں، خود بھی ساتھ رونے لگیں۔ مجھے ایسے لگا جیسے آج میں دادی اماں کے لیے سوٹھا بن گیا ہوں۔

مغرب کی اذان سے کچھ پہلے، لالٹینیں روشن ہو چکی تھیں۔ میں کمرے میں گیا، بستروں کی تونڑیں پر پڑا حاجیوں والا رومال اٹھایا اور فرش پر بچھا کر اس پر خزانہ توڑ دیا۔

نوٹ: اس افسانے میں چھاچھی ہندکو زبان کے کچھ الفاظ آئے ہیں، جو میری مادری زبان ہے۔ معانی لکھ رہا ہوں کہ ظاہر ہے بہت سے دوستوں کے لیے یہ بالکل نئے الفاظ ہوں گے۔

ا۔ سوٹھا: تسلی، دلاسہ، اطمینان (عمومی طور پر کسی بچھڑ جانے والے جیسا کوئی مل جائے تو اس سے مل کر جو تسلی ملتی ہے اس کے لیے بولا جاتا ہے۔)......۲۔ چوگ: پرندے دانہ دنکا چگ کر گھونسلوں میں واپس جاتے ہیں تو اپنے بچوں کی چونچ سے چونچ ملا کر انہیں وہی چگا ہوا دانہ جو کچھ دیر معدے میں رہ کر نرم ہو چکا ہوتا ہے منتقل کر دیتے ہیں۔......۳۔ کاشک: چمچ، طباخ: مٹی کی گہرے پیندے والی بڑی تھالی۔......۴۔ مکھڈی حلوہ: زیادہ گھی ڈال کر بہت زیادہ بھون کر پکایا ہوا حلوہ جو نسبتاً سخت ہوتا ہے۔......۵۔ چھیل: عورتوں کی پردے کی سبز چادر جس پر سرخ گول نشان ہوتے ہیں بوڑھی خواتین بجائے لپیٹنے کے سر پر رکھ لیتی ہیں اور جہاں زیادہ مرد دیکھے، اوڑھ لی، کی پالیسی اپناتی ہیں۔......۶۔ تونڑیں: یہ بستر رکھنے کے لیے لکڑی کی بنی منقش الماری ہوتی تھی جس پر آئینے بھی لگے ہوتے تھے گویا سنگھار کے کام بھی آتی تھی۔

◄◄ ● ►►

● فرحین جمال

لمحوں کی قید سے رہائی

نتالیہ کافی عرصے سے عارضہ قلب میں مبتلا تھی، دوا کے زیر اثر رہتی، اسی لیے صبح اٹھنا اس کے لیے بہت مشکل ہوتا۔ ویسے بھی آج اسے صبح ہی اٹھنا پڑا، کیونکہ ڈیوڈ کو ملک سے باہر کسی کانفرنس میں جانا تھا۔ اور چھ بجے ائیر پورٹ کے لیے نکلنا تھا. اس نے رات کو ہی ڈیوڈ کا سفری بیگ تیار کر دیا تھا، اگر کوئی بھی کام اس کی مرضی کے مطابق نہ ہوتو ڈیوڈ کا موڈ خراب ہو جاتا۔ شوہر کے جانے کے بعد وہ دوبارہ بستر پر دراز ہوئی تو کافی دیر تک نیند نہیں آئی۔ وہ ماضی کے تانے بانے بننے لگی۔

ایک دیرینہ دوست کے گھر کسی پارٹی میں ان دونوں کی ملاقات ہوئی تھی، کوئی لمبا چوڑا معاشقہ بھی نہیں چلا۔ آہستہ آہستہ دونوں قریب آئے، اور باہمی رضامندی سے شادی ہوگئی۔ لیکن ڈیوڈ کو شاید صرف ایک ساتھ چاہئے تھا اپنی ضرورت پوری کرنے کے لیے۔

محبت تو ایک انتہائی نرم و نازک دلگداز جذبہ ہے، جب دل کی بنجر زمین پر محبت کی نرم پھوار پڑتی ہے تو وہ محبت کے بیج کو پنپنے کے لیے تیار کرتی ہے، وہ بیج پنپتا ہے، پھوٹتا ہے، اور مسلسل آبیاری سے ایک تناور درخت بن جاتا ہے۔ لیکن اس نے تو کبھی نتالیہ سے محبت کی ہی نہیں تھی۔ جب بھی اس کے دل کا دروازہ کھولا، لات مار کر کھولا اور اپنا حق وصول کیا، ایسی سنگلاخ اور بنجر زمین میں کہاں کوئی محبت کا بیج پھوٹتا۔

ڈیوڈ عام مردوں کی طرح بیوی کو جسمانی اذیت نہیں دیتا تھا، اس کا زیادہ تر انداز بیوی کے بارے میں طنز و تضحیک سے بھرپور ہوتا، دوستوں اور گھر والوں کے سامنے بھی وہ اس کی چھوٹی سے چھوٹی غلطی کو نظر انداز نہیں کرتا تھا۔ ہر وقت اپنی زبان کے زہریلے تیروں سے اس کا کلیجہ چھلنی کرتا رہتا، اس کا وہ طنزیہ انداز، لبوں پر کھیلتی زہر میں بجھی مسکراہٹ، تضحیک سے بھرے جملے، اس کو اندر ہی اندر کاٹ ڈالتے۔ کبھی اس کے لباس کو مذاق کا نشان بناتا، اس کی پسند کو نظر انداز کرتا، رنگوں کے انتخاب پر اس کو بدذوق کہتا، گھر کی ہر چیز کا انتخاب اپنی مرضی اور منشا سے کرتا، اس کے ہر کام میں مین میخ نکالتا، ایسا لگتا کہ وہ نتالیہ کی شخصیت کی مکمل نفی چاہتا ہے، اسے کچل کر، اس کا چہرہ مسخ کردے۔ ایسی ذہنیت کا مالک کب کسی کو سر اٹھانے دیتا ہے۔

ڈیوڈ کا رویہ اپنے دوستوں، ملنے جلنے والوں یہاں تک کہ نتالیہ کی بہن اور بہنوئی سے بہت خوشگوار تھا۔ وہ دوسروں کے لیے، ایک ملنسار، مہذب اور خوش گفتار انسان تھا، جانے اس کی شخصیت کی کتنی پرتیں تھیں، جو

چہرہ اس کے سامنے بے نقاب تھا وہ ایک غاصب ،متلون مزاج ،غصہ ور اور حاکمانہ شخص کا تھا ،جس کو اپنی پسند، مرضی اور حیثیت ہر حال میں منوانی تھی ۔ وہ کتنا چاہتی تھی کہ گھر میں بچوں کی کلکاریاں گونجیں ،کسی کے ننھے منے ہاتھوں کا لمس وہ اپنے چہرے پر محسوس کرے ،لیکن یہاں بھی ڈیوڈ کی بلاشرکت غیرے اس کی ذات پر اجارہ داری کی سوچ حاوی رہی۔

وہ اکثر سوچتی کہ کیا اس نے بھی ڈیوڈ سے محبت کی ؟نہیں اسے اس سے کبھی بھی محبت نہیں رہی تھی ۔شادی کے ابتدائی دنوں میں وہ سمجھتی تھی کہ اسے اپنے شوہر سے محبت ہے ،کچھ دھندلے دھندلے سایوں کا پیچھا کرتی وہ یہاں تک آ پہنچی تھی ۔ پھر......پھر وہ صرف بدن کی ضرورت ہی بن کر رہ گیا......ایک سمجھوتے کا بندھن......اس کا احساس آہستہ آہستہ ،حاکمانہ رویے تلے دب کر ہمیشہ کے لئے سوگیا۔ وہ ایک بے حس، بے جان ربر کی گڑیا بن چکی تھی۔

وہ ایک روشن خیال ، پڑھی لکھی عورت تھی لیکن بیماری نے اس کی ساری صلاحیتوں کو گہنا دیا تھا۔ وہ چاہتی تو علیحدگی اختیار کرسکتی تھی ۔لیکن رفاقت کے دس سال ملازمت اور گھر کی ذمہ داریاں نبھاتے گزر گئے ۔کہیں اس کے دل کے نہاں خانوں میں یہ خواہش سر اٹھاتی رہی کہ ڈیوڈ کا رویہ وقت کے ساتھ بدل جائے گا۔لیکن ایسا ہونہیں سکا ،اس کا پر سکون ساتھ بھی اس شخص کی ذہنیت بدل نہیں سکا۔اور پھر دل کے عار ضے نے اسکی رہی سہی ہمت بھی چھین لی ۔جانے کب یہ سب سوچتے سوچتے اس کی آنکھ لگ گئی۔

گھنٹی کی مسلسل آواز نے اس کی نیند میں خلل ڈال دیا ۔نتالیہ نے ہاتھ بڑھا کر موبائل کو دیکھا لیکن اس کی سکرین ہمیشہ کی طرح خاموش تھی ۔گھنٹی بجے جا رہی تھی ، یہ اس وقت کون آ گیا ؟اس نے بیزاری سے سوچا۔

وہ نائٹ گاؤن پہنتے اور بکھرے بالوں کو انگلیوں سے سمیٹتے ہوئے یہ سب ہی سوچ رہی تھی ، نیچے آ کر صدر دروازہ کھولا تو اس کی بہن جولی اور بہنوئی مارک کھڑے تھے۔

''تم......!اس وقت؟''

اس نے حیرت سے پوچھا۔ ،بات ہی ایسی تھی دونوں کو اس وقت اپنے اپنے آفس میں ہونا چاہئے تھا۔ جولی اس کا ہاتھ پکڑ کر اندر چلی آئی۔

''تم بیٹھو،ابھی بتاتی ہوں۔'' وہ بار بار مڑ کر مارک کی طرف دیکھ رہی تھی ،اس کے انداز میں، بے چینی ،خوف تھا اور آواز لرز رہی تھی۔

آج صبح آٹھ بجے ائیر پورٹ پر بم دھماکے ہوئے ہیں۔ٹی وی پر ائیر پورٹ کو دھماکے سے اڑا

دینے کی خبر چل رہی ہے۔ سب سے زیادہ جانی نقصان گیٹ نمبر چھ پر بتایا جارہا ہے، جہاں لوگ فلائٹ کے لیے چیک ان کر رہے تھے۔ ریسکیو سروس والوں کا کہنا تھا کہ دھماکہ اتنا شدید تھا کہ کسی کے زندہ بچ جانے کے کوئی امکانات نہیں، جسم ہوا میں پرزوں کی مانند بکھر گئے، بارود اور جلے ہوئے انسانی جسموں کی بو فضا میں پھیلی ہوئی تھی۔ یہ ان کے شہر میں دہشت گردی کا پہلا واقعہ تھا، اس لیے کسی کو بھی یقین نہیں آرہا۔ ائیر پورٹ پر جگہ جگہ انسانی اعضاء بکھرے پڑے ہیں۔ مارک نے کئی دفعہ ڈیوڈ کو سیل فون پر رابطہ کرنے کی کوشش کی، مگر فون بند تھا۔

اس کی صحت کے پیش نظر اسے حادثے کی خبر سناتے ہوئے بہت ہی نرمی اور احتیاط برتی گئی۔ اور بہت سوچ سمجھ کر اس کے کانوں تک ڈھکے چھپے الفاظ میں پہنچائی گئی۔ خبر سن کر نتالیہ کا ذہن ماؤف ہوگیا، اس لیے اس نے کچھ سنا، کچھ سمجھا، جیسے کہ ایسے موقعہ پر ہوتا ہے، ابھی اس خبر کی حقیقت اور مضمرات اس کے دماغ نے پوری طرح قبول نہیں کیے تھے۔ وہ پھوٹ پھوٹ کر رو رہی تھی۔ اس پر غشی کے دورے پڑ رہے تھے۔ اس کی بہن اس کو تسلیاں دے رہی تھی، لیکن وہ کسی طرح چپ نہیں ہوتی تھی۔ اس کو شدید جھٹکا لگا تھا، دماغ سن تھا اور وہ اپنے ہوش وحواس میں نہیں تھی۔

جب غم والم کا یہ طوفان اپنی تندی وتیزی پوری طرح کھو بیٹھا تو اس کے رونے میں کمی آگئی۔ وہ اُٹھی۔ سیڑھیاں چڑھ کر اوپر کمرے میں آگئی اور یہ کہہ کر خود کو اندر بند کرلیا کہ اسے تنہائی چاہئے۔ اندر آکر کمرے میں رکھی آرام کرسی پر ڈھے سی گئی، جسمانی تھکن اور کمزوری اس کی روح تک در آئی تھی۔

کرسی کا رخ کھڑکی کی طرف تھا۔ اپنے کمرے کی کھڑکی سے وہ سڑک کے درمیان لگے درختوں کے سروں کو بہار کی خنک اور معطر ہوا میں ہلتا دیکھ سکتی تھی۔ بارش کے بعد مٹی کی سوندھی سوندھی خوشبو فضا میں رچی بسی تھی۔ نیچے سڑک پر آئس کریم کی وین کی مخصوص دھن کھلی کھڑکی سے صاف سنائی دے رہی تھی۔ دور کہیں سے ہوا کے دوش پر کسی گانے کے بول اس کے کانوں تک پہنچ رہے تھے۔ ان گنت چڑیوں کے چہچہانے کی آوازیں آرہی تھیں۔ بادلوں کے نیلگوں ٹکڑے آسمان پر تیرتے پھر رہے تھے۔ اس کا ماؤف ذہن ان سب آوازوں کا بنا سوچے سمجھے اندراج کرتا جارہا تھا۔

زندگی پوری آب وتاب سے آگے کا سفر جاری رکھتی ہے...... پر اس کی زندگی؟ وہ اس آرام کرسی پر بے حس وحرکت، سر کرسی کے کشن پر رکھے بیٹھی تھی۔ کبھی کبھار کوئی رکی ہوئی سسکی اس کے جسم کو ہلا دیتی ورنہ اس کی حالت ایک ایسے بچے جیسی تھی جو سسکیاں بھرتے ہوئے روتے روتے سو گیا ہو اور خواب میں بھی سسکیاں لے رہا ہو۔

وہ ابھی جوان ہی تھی۔اس کے پر سکون بے عیب چہرے پر ضبط اور دباؤ کی لکیریں تھیں جو اس کی ہمت کی غماز تھیں۔لیکن اس وقت اس کی خالی خالی بے جان نظریں دور کہیں بادلوں پر مرکوز تھیں لیکن ان میں جو عکس لہرا رہا تھا وہ گہرا اور پر سکوت سناٹا تھا۔ایسا لگتا تھا کہ جیسے وہ کسی انہونی ان کہی کا انتظار کر رہی ہے۔لیکن کسی حد تک خوف زدہ بھی ہے۔وہ نہیں جانتی تھی کہ وہ کیا ہے؟لیکن کوئی ایسی بات ضرور تھی جس کو نام دینا بہت مشکل تھا،مبہم اور پر اسرار سی، وہ محسوس کر رہی تھی کہ آسمان کی بلندیوں سے رینگتی ہوئی، ان تمام آوازوں، خوشبوؤں، قوس قزح کے دھنک رنگ لیے وہ انہونی سی بات ہوا کے دوش پر اس کی طرف بڑھ رہی ہے۔

اس کے سینے کا زیر و بم ہیجانی اور پر شور انداز میں بڑھ چکا تھا۔وہ جان چکی تھی کہ وہ کیا بات ہے جو اس کی طرف طوفانی انداز میں چلی آ رہی ہے......اس پر قبضہ جمانے...... جسے وہ پوری قوت مجتمع کر کے پیچھے دھکیل رہی تھی۔سوچوں کا تند و تیز ریلا شور مچاتا اس کی طرف خطرناک انداز میں بہتا، اس کی ہر دلیل، ثابت قدمی، استقلال کو دھکیلتا ہوا، چڑھا چلا آ رہا تھا۔اس کے نرم و نازک ناتواں بازوؤں میں اتنی طاقت کہاں تھی کہ وہ سوچوں کے اس طوفانی ریلے کو پرے دھکیل سکتی۔وہ سر کو دائیں، بائیں جھٹکتی جیسے ان سے پیچھا چھڑانا چاہتی ہو لیکن سوچیں تھیں کہ اس پر یلغار کرنے اندھا دھند چلی آ رہی تھیں۔جیسے ہی اس نے خود کو تھوڑا سا ڈھیلا چھوڑا، پر سکون ہو گئی کہ اس بادو باراں کے سامنے بند باندھنے کی اس میں ہمت نہیں رہی تھی۔لمحہ بھر کو کسی انجانے خطرے کا تصور کر کے وہ کانپ سی گئی اور وہ بات اس کی نوک زباں پر آتے آتے رک گئی۔

"نہیں......!"

"نہیں......!نہیں......!!وہ ایسا کیسے سوچ سکتی ہے......؟؟؟اس کے چہرے سے بے چینی اور اضطراب جھلک رہا تھا۔مگر سرگوشی میں کہا گیا وہ لفظ اس کے واہونٹوں سے نکل ہی گیا۔وہ زیر لب بار بار اس کو دہرانے لگی۔

"میں اب آزاد ہوں......!"

"میں اب آزاد ہوں......!!

یہ جاں افزا الفاظ اسکے رگ و پے میں خون بن کر دوڑنے لگے۔اس کی نیلگوں، شفاف آنکھوں کا خالی پن اور خوف جاتا رہا۔وہ روشن اور مستعد تھیں۔ایک آرزو نے جنم لیا۔اس کی نبض کی رفتار تیز ہو چکی تھی۔دوران خون نے اس کے جسم کے ایک ایک انچ کو پر سکون کر دیا۔

کوئی ایسا نہیں ہو گا جس کے لیے اس کو آنے والے سال گزارنے پڑیں گے۔وہ اکیلے ہی یہ

وقت گزارے گی۔ کوئی نہیں ہوگا جس کی مرضی ،ضد اور منشا کے آگے اس کو جھکنا پڑے گا۔ کسی کو بھی حق نہیں کہ دوسرے کی مرضی کو اپنے تابع کرے۔ اس کی نظر میں یہ ایک جرم ہے اور یہ بات آج اس چھوٹے سے روشن لمحے میں اس پر عیاں ہوئی۔

کیا محبت ایک معمہ، ان سلجھا اسرار ہے؟ کیا وہ اس بات پر یقین کرسکتی ہے کہ کسی کو صرف اپنی مرضی کے لیے ملکیت بنالیا جائے؟ اس کا خیال تھا کہ ایسا نہیں ہوسکتا۔ محبت ملکیت نہیں ہے، وہ کسی پر مسلط نہیں کی جاسکتی نہ ہی اپنی مرضی کے تابع کی جاسکتی ہے۔

اس کی بہن دروازے سے باہر کھڑی اسے پکار رہی تھی۔

'' مجھے اندر آنے دو۔ تم اس طرح خود کو مزید بیمار کرلوگی۔ خدا کے لیے دروازہ کھول دو! تم اندر اکیلی کیا کررہی ہو؟''

اسکی بہن کی آواز میں تشویش تھی۔

''چلی جاؤ۔ مجھے اکیلا چھوڑ دو۔ میں خود کو کوئی نقصان نہیں پہنچارہی ہوں۔''

نہیں بالکل نہیں۔

وہ تو زندگی کا خوشبودار خوش ذائقہ جام اکسیر اس کھلی کھڑکی سے آتی تازہ ہوا سے کشید کررہی تھی۔ اس کی سوچوں کو تو جیسے پنکھ لگ گئے تھے، شور وغل کرتی اڑی چلی جارہی تھیں، بہار کی سہانی صبحیں، سرما کی دل فریب شامیں اور ہر قسم کے دن، اس کے ہوں گے، صرف اس کے۔

''آزاد جسم......آزاد روح......'' وہ سرگوشیوں میں دہراتی رہی۔

اپنی ذات کی ٹوٹی اور بکھری ہوئی کرچیاں سمیٹتے سمیٹتے جانے کتنے پہر بیت گئے۔ اسے لگا کہ وہ آج ہی ایک طویل اور بھیانک خواب سے بیدار ہوئی ہے۔

شام کے سائے بڑھتے جارہے تھے۔ کھڑکی سے باہر کا منظر دھندلا رہا تھا۔ ایک اداس سی خاموشی اتر آئی تھی......جیسے آج کا دن سورج کے ڈھلنے کی تاب نہیں لا پا رہا ہو۔

آخر کار وہ خود اعتمادی سے اٹھی اور کمرے کا دروازہ کھول دیا۔ اس کی آنکھوں میں جیت کی ایک خاص چمک تھی اور سراپے میں فتح کی دیوی جیسا غرور۔ اس نے اپنی بہن کی کمر میں ہاتھ ڈالا اور خاص تمکنت سے سیڑھیاں اترنے لگی اس کا بہنوئی مارک، پہلی سیڑھی پر کھڑا ان کا انتظار کررہا تھا۔ اسی اثنا میں کسی کے صدر دروازے کو چابی سے کھولنے کی آواز آئی۔ نتالیہ سیڑھیوں پر ہی سانس روکے کھڑی رہی۔ اس کا بدن ہولے ہولے کانپ رہا تھا، خوف کے مارے اس نے آنکھیں بند کرلیں۔

ڈیوڈ کچھ اس حال میں لنگڑاتا ہوا گھر میں داخل ہوا کہ اس کا لباس گرد و غبار سے اٹا اور داغدار تھا۔ چہرے اور بازوؤں پر معمولی خراشیں تھیں۔ وہ دھماکے کے وقت ائیر پورٹ کی عمارت کے باہر تھوڑے ہی فاصلے پر تھا۔ اسے بالکل بھی اندازہ نہیں تھا کہ اس کے گھر والوں پر اس خبر کو سن کر کیا گزری؟ اتنی افراتفری تھی کہ اس کا فون بھی دھکم پیل میں کہیں گر گیا۔ اپنی سالی کی اچانک چیخ، اور مارک کا بوکھلائے ہوئے انداز میں بے یقینی اور تعجب کے تاثرات لئے ڈیوڈ کی طرف بڑھنا، اس کی پریشانی میں اضافہ کر رہا تھا۔

نتالیہ سکتے کے عالم میں اپنی بہن کی بانہوں میں جھول گئی۔ اس کی سانسیں اکھڑنے لگیں۔ چند لمحے پہلے کی خوشی یک دم ہی کافور ہوگئی۔ اپنی ڈوبتی سانس اور دھندلی آنکھوں سے اس نے اس ظالم شخص کو دیکھا جس نے اس کی آزادی سلب کر رکھی تھی۔

ڈاکٹر کے مطابق وہ اچانک اتنی بڑی خوشی برداشت نہیں کر پائی تھی۔

◀◀ ● ▶▶

● رینو بہل

دروپدی جاگ اُٹھی

خاموش رات کے سائے بڑھنے لگے تھے۔ گاؤں کی سرحد پر ٹین کی چھت والے دیسی شراب کے ٹھیکے میں ابھی بھی گہما گہمی تھی۔ نہال سنگھ شام ڈھلتے ہی چرن سنگھ کے ساتھ وہاں آ گیا تھا۔ چرن سنگھ اُس کے بچپن کا دوست اُس کی تکلیف سے بخوبی واقف تھا۔ وہ جانتا تھا کہ بے بے کے چلے جانے کے بعد اب اپنا ہی گھر اُسے پرایا لگنے لگا ہے وہ اپنی زندگی سے بیزار ہو گیا ہے۔ شراب پیتے پیتے وہ اُسے زندگی کی طرف واپس لانے کی کوشش کرتا رہا۔ حسبِ وعدہ وہ خاموش اُس کی باتیں سنتا رہا۔ نشہ چڑھنے کے بعد اُسے چپ سی لگ جاتی تھی۔ وہاں سے اٹھنے سے پہلے ایک بار پھر اس نے نہال کو اپنے ساتھ چلنے کا زور ڈالا۔ ڈگمگاتے قدموں اور لڑکھڑاتی زبان سے کبھی اُونچی تو کبھی دھیمی آواز میں کچھ کہی، کچھ ان کہی باتیں کبھی خود سے تو کبھی اِک دوسرے کو کہتے سناتے دونوں گاؤں کی طرف روانہ ہو گئے۔ پھر اک موڑ پر دونوں کے راستے الگ الگ ہو گئے۔ رات کے اس پہر گاؤں کی گلیاں ویران ہو چکی تھیں۔ دور سے مینڈک کے ٹرٹر کی آوازیں چُپی کو توڑ رہی تھیں۔ بے ترتیبی سے اُٹھتے قدم نکڑ پہ سوئے کُتے پر جو پڑے جو وہ چُوں چُوں کرتا ہوا اٹھ کر پہلے پیچھے ہٹا پھر اُسے آگے چلتے دیکھ پیچھے سے بھونکنے لگا۔ اُس نے رک کر پیچھے دیکھا اور موٹی سی گالی دی پھر آگے بڑھ گیا۔ گھر کا دروازہ بند تھا۔ دو تین بار زور زور سے کھٹکھٹانے کے بعد دروازہ پمو نے کھولا۔ منہ میں کچھ بُڑبڑاتی ہوئی رسوئی کی طرف بڑھ گئی۔ وہ صحن میں بچھے تخت پر جا کر بیٹھ گیا۔ اس کی بے بے تو ہمیشہ کام سے فارغ ہو کر اسی تخت پر بیٹھتی تھی۔ اس نے پیار سے بستر پر ہاتھ پھیرا اور پھر آستین سے ہی بہتی آنکھیں صاف کرنے لگا۔ پمو دو منٹ بعد تھالی میں دال روٹی لے کر اُس کے پاس آئی۔ بنا کچھ کہے تخت پر تھالی رکھی اور مڑنے لگی تو اُس نے پمو کی کلائی پکڑ لی اور پوچھنے لگا۔

''مکھنی سو گیا کیا؟''

اپنے چھوٹے بھائی مکھن سنگھ کو وہ پیار سے مکھنی ہی کہتا تھا۔

پمو نے ایک جھٹکے سے اپنی کلائی چھڑا لی اور بِنا کسی بات کا جواب دیئے رسوئی کی طرف بڑھ گئی۔

''تجھے اب میں زیادہ تکلیف نہیں دوں گا۔ چلا جاؤں گا یہاں سے۔'' یہ کہتے ہوئے وہ کھانا کھانے لگا۔ شراب پی کر وہ گلے تک رج چکا تھا، دو نوالے ہی منہ میں ڈالے باقی کھانا وہیں چھوڑ وہ زینہ

چڑھ کر چھت پر پہنچ گیا۔ کھلے آسمان کے نیچے ہر روز کی طرح اس کا بستر لگا ہوا تھا۔ وہ جاتے ہی بستر پر گر گیا۔ تاروں بھرے آسمان کی طرف دیکھا تو اُسے بادلوں میں بے بے کی شکل نظر آنے لگی۔ آنکھیں کھول کر دوبارہ دیکھنا چاہا تو آنکھیں کھولنے کی طاقت ہی نہ رہی۔ دو منٹ میں ہی وہ بے سُدھ ہو کر سو گیا۔

نہال سنگھ کوئی شرابی نہیں تھا۔ سال میں پانچ چھ مرتبہ ہی شراب پیتا، کبھی زیادہ غم ہو یا پھر کوئی خاص شادی بیاہ کا پروگرام ہو تو۔ ہاں اگر کبھی تین چار مہینے بعد چرن سنگھ کے ساتھ شہر میں نتھنی والی کے پاس جانے کا پروگرام بن جاتا تو وہ چُپ چاپ شراب گٹکا لیتا تھا مگر گاؤں میں بے بے کے سامنے پی کر جانے کی اُس کی ہمت نہ ہوتی۔ گھر میں صرف وہ ہی تو تھا جو بے بے کی گھوری سے ڈرتا تھا یا یوں کہو کہ بے بے کو تکلیف نہیں دینا چاہتا تھا۔ اُس کے دکھ میں تڑپ اُٹھتا تھا۔ اس کے دو چھوٹے بھائی مکھن سنگھ اور بیسا کھا سنگھ ڈٹ کر شراب پیتے تھے اور روڈا سنگھ تو بے بے کے قابو میں بالکل نہیں تھا۔ وہ تو پکا نشئی ہو چکا تھا۔ ہزاروں نوجوانوں کی طرح اُسے بھی افیم گانجے کی لت لگ چکی تھی۔ اُسے نہ کسی کا خوف تھا اور نہ لحاظ۔

رات بھر وہ بے سُدھ پڑا رہا۔ صبح سُورج سر پر چمکنے لگا تو مکھن نے آ کر بھائی کو جگایا۔ نہال تو پو پھٹنے سے پہلے ہی اُٹھنے کا عادی تھا۔ ہر روز صبح بے بے کی گُر بانی کی آواز رس گھولتی ہوئی کانوں میں ٹپکتی تو وہ نیند سے جاگ اٹھتا۔ اُسے صبح بہت میٹھی لگتی تھی جس کا احساس اُسے بے بے کے گزر جانے کے بعد ہوا۔ اب اسے صبح پھیکی اور زندگی بے رنگ لگنے لگی تھی۔ گھر سُونا سُونا لگنے لگا تھا۔ وہ پہلے کہاں جانتا تھا کہ بھرا پورا پریوار اور گھر کی رونق صرف بے بے کے دم سے ہی ہے۔ صحن میں تخت پر بیٹھی بے بے کی نظریں چاروں جانب گھومتیں۔ آواز اتنی دم دار کہ پمو کی آواز حلق میں ہی اٹک جاتی۔ اُس نے تو پمو کی آواز بھی کبھی ڈھنگ سے نہیں سُنی تھی۔ کبھی پمو سے بات کرنے کی ضرورت ہی محسوس نہیں ہوئی۔ بے بے کی ایک آواز پر وہ اس کے لیے کھانے پینے کا سامان لے آتی۔ سر پر دوپٹہ اوڑھے چپ چاپ سب کام کرتی رہتی اور منہ سے زبان تک نہ نکلتی۔ نہال سنگھ نے کئی بار پمو کو سُناتے ہوئے بے بے سے بات کی تھی، وہ بھی کن انکھیوں سے اُسے دیکھتی، اُسے محسوس ہوتا کہ وہ اُس کی باتیں سُن کر مسکرا رہی ہے۔ ایک روز اس نے پمو کو سُناتے ہوئے بے بے سے اُس کے بنائے کھانے کی تعریف کی تو وہ سب سُن رہی تھی۔ تعریف کے دو بول بے بے نے بھی بول دیئے تو خاموش مند مند مسکراتی رہی۔ نہال نے بے بے سے پوچھا۔

''بے بے کہیں مکھن کے ساتھ کوئی ظلم تو نہیں ہو گیا؟''

''وہ کیا پتر؟'' بے بے نے حیرانگی سے پوچھا۔

''یہ گُنگی تو نہیں؟''

''چل ہٹ چندریا۔ میسنی ہے سب سُنتی بھی اور بولتی بھی ہے۔ مکھن سے پوچھ لینا کتنے کان بھرتی ہے اُس کے۔''

''لگتی تو نہیں بے بے۔'' اُس نے دھیرے سے کہا۔

وہ چپ چاپ سُنتی رہی اور کام کرتی رہی۔ بے بے نے بات بدلتے ہوئے کہا۔

''میں سوچتی ہوں چانن سے بات کروں۔''

''کس لیے؟''

''اس کی بیٹی کا ہاتھ مانگ لوں تیرے لیے۔''

''بے بے اُس کی عمر دیکھی ہے؟ کم سے کم پندرہ سال چھوٹی ہے وہ مجھ سے۔ چاچا کبھی اس رشتے کے لیے نہیں مانے گا۔ تو بس اُمید چھوڑ دے۔''

''ہائے ہائے اکال پڑ گیا لڑکیوں کا۔''

''بے بے کیوں فکر کرتی ہے ہم اکیلے تو چھڑے نہیں ہیں اس گاؤں میں۔ یہاں نہیں ہوگی تو کہیں اور ہوگی۔ اگر قسمت میں لکھا ہوگا تو مل ہی جائے گی۔ ہمارے ملکھنی کو بھی تو مل ہی گئی تیری پمو۔''

''میں ہاتھ پر ہاتھ دھرے تو نہیں بیٹھ سکتی۔'' یہ تو میں ہی جانتی ہوں کہ کیسے اس کا باپ راضی ہوا تھا رشتے کے لیے۔ میں تو تیرا رشتہ لے کر گئی تھی مگر اُسے گوراچٹا مکھن پسند آ گیا تھا۔

''پھر کیا ہوا بے بے میں بھی جیٹھ ہوں۔ اور سال میں ایک مہینہ جیٹھ کا بھی ہوتا ہے''۔ اس نے شرارت سے مسکراتے ہوئے پمو کی طرف دیکھ کر کہا جو کپڑے دھو کر پانی سے نکال رہی تھی۔ اس نے پھر بات سُنی ان سُنی کر دی اور بے بے نے اُس کے سر پر پیار سے چپت لگا دی۔

''چھوٹی بھابی ہے، مذاق مت کیا کر۔''

وقت گزرتا گیا، بے بے کی کوششیں ناکام ہوتی رہیں۔ سچ مچ لڑکیوں کا اکال ہی پڑ گیا تھا۔ وہ بھی تو چار چار بیٹے جن کر کتنی خوش تھی۔ اُس نے بھی تو جانے انجانے قدرت کے فیصلے کو نکارا تھا۔ بغاوت کی تھی قدرت سے۔ شاید اسی کی سزا آج وہ بھگت رہی ہے۔ اُس کا ضمیر اُسے دُھتکارتا۔ وہ تڑپ اُٹھتی مگر کسی سے کچھ نہ کہتی اپنی تکلیف اپنے اندر ہی پی جاتی۔

بے بے نہال کو بہت مانتی تھی۔ چاروں بیٹوں میں وہ اُسے سب سے زیادہ عزیز تھا۔ شاید اس لیے کہ وہ اُس کی پلیٹھی کی اولاد تھی۔ نہیں پلیٹھی کی اولاد کو تو اُس کی ساس نے دنیا میں آنے سے پہلے ہی اس کی کوکھ میں مروا ڈالی تھی۔ انہیں بیٹی نہیں چاہیے تھی اور اس کا مجازی خدا، ماں کے فیصلے کے خلاف ایک لفظ

بھی نہ بولا، بُت بنا اس کی بے بسی دیکھتا رہا۔ اس کی فریاد کو نظر انداز کر دیا۔ اس کے سامنے دو راستے تھے یا اپنی کوکھ کو بچالے یا پھر اپنی شادی کو۔ اور اس وقت کمسن، لاچار، نمانی کیسرو نے اپنی شادی کو بچانے کے لیے اپنی پلیٹھی کی اولاد قربان کر دی۔ بہت روئی تھی، بہت سسکی تھی۔ پھر اس چوٹ نے اسے توڑنے کے بجائے اور مضبوط بنا دیا تھا۔ ایک لمبے عرصے تک اُس نے اپنے مجازی خدا پریتم سنگھ کو اپنے پاس نہیں بھٹکنے دیا تھا۔ اس کی مردانگی چکنا چور کر دی تھی۔ ہتھوڑے کی طرح کیسرو کی بات اُس کی انا پر برسی تھی جب ایک رات کیسرو نے اس کا ہاتھ اپنے جسم سے حقارت سے یہ کہہ کر جھٹک کر پیچھے دھکیل دیا تھا۔

''اپنی بے بے سے اجازت لے کر آیا ہے کہ نہیں؟ نہیں لایا تو پہلے پوچھ لے اپنی بے بے سے، پھر آنا۔ ماں کا دینا۔''

یہ گالی اُس نے دھیمی آواز میں دی تھی جو پگھلتے سیسے کی طرح اس کے کانوں میں پڑی تھی۔

اتنا کہہ کر وہ کمرے سے نکل کر صحن میں آ گئی تھی اور اُس رات پریتم سنگھ انگاروں پر لوٹتا رہا۔ اس رات اسے احساس ہو گیا تھا کہ وہ مرد ہو کر بھی اُس سے زیادہ کمزور، کم ظرف ہے۔ اُس رات کے بعد اس نے اپنی بے بے کا پلو چھوڑ کر بیوی کا آنچل تھام لیا تھا۔ بے بے تلملاتی رہی اور کیسرو دن پر دن نکھرتی گئی، سنورتی گئی۔ ایک کے بعد ایک کیسرو نے چار بیٹے جنے۔ سب سے بڑا بیٹا پیدا ہوا تو دادا دادی اسے دیکھ کر نہال ہو گئے تو دادی نے اس کا نام ہی نہال سنگھ رکھ دیا۔

اس کے دو سال بعد گورا چٹا بیٹا پیدا ہوا تو کیسرو نے اس کا نام مکھن سنگھ رکھ دیا۔ پھر اُس کے اگلے سال ایک اور بیٹا پیدا ہوا جسے دیکھتے ہی دادی نے کہا تھا۔

''پریتم یہ کیا؟ سردار کے گھر روڑا بچہ؟''

''اس روز سے پریتم نے اسے روڑا ہی کہہ کر بلانا شروع کر دیا۔

تین سال لگا تار اِدھر کھیتوں میں فصل کی کٹائی ہوتی تو اُدھر گھر میں کیسرو کی فصل بھی تیار ہو جاتی۔ سب سے چھوٹا بیٹا بیساکھا، بیساکھی والی شام کو ہی پیدا ہوا تھا۔ اس سال بیساکھی کی خوشیاں دوبالا ہو گئی تھیں۔

جیسے جیسے کیسرو کے پیر جمتے گئے، ساس کے ہاتھوں سے گرہستی کی کمان ڈھیلی ہوتی گئی۔ دادی پوتوں کی ریل پیل دیکھ کر خوش تھی مگر پریتم سنگھ بیٹوں کی جوانیاں نہیں دیکھ سکا۔

نہال جوان ہوا تو کیسرو کے دل میں بیٹے کے سر پر سہرا دیکھنے کی خواہش جوان ہونے لگی۔ اس نے رشتے کے لیے اِدھر اُدھر ہاتھ پیر مارنے شروع کر دیئے۔ نہال سے بڑی عمر کے کئی جوان گاؤں چھوڑ کر

شہر جا بسے تھے صرف اس وجہ سے کہ اُن کو گاؤں میں شادی کے لیے لڑکیاں نہیں مل رہی تھیں۔ اس کی بے بے نے بھی نہال کے لیے کئی دروازے کھٹکھٹائے، آس پاس کے گاؤں تک جا پہنچی مگر اس کے سنجوگ سوئے رہے۔ بے بے نے تو خواب میں بھی نہیں سوچا تھا کہ اس کے ہیرے جیسے بیٹے کے لیے دلہن ملنا اتنا مشکل ہو جائے گا۔ جب خالی جھولی لے کر گھر لوٹتی تو اکثر کہتی۔

''لگتا ہے لڑکیوں کا اکال پڑ گیا۔ جس کے گھر دیکھو لڑکے ہی لڑکے ہیں اور اگر کہیں لڑکی ہے تو ان لوگوں کے نخرے ہی بہت ہیں زیادہ بڑے زمیندار چاہییے انہیں۔''

وقت گزرنے لگا تو بے بے کی فکر بھی بڑھنے لگی۔ چار چار جوان بیٹے، وہ بھی بِنا باپ کے، نہ کسی کا ڈر نہ کسی کا لحاظ...... مشٹنڈوں کی طرح سارے گاؤں میں دندناتے پھرنے تک گاؤں کے کسی کونے میں وقت گزاری کے لیے کبھی دارو، کبھی تاش، کبھی تالاب کے پاس آتی جاتی گاؤں کی لڑکیوں، عورتوں کا سر سے پاؤں تک بے باک جائزہ لیتے تو کبھی موبائل پر دیکھی فلموں پر تبصرہ کرتے۔ بے بے ان کے پاؤں میں ذمہ داری کی بیڑیاں پہنانے کو بے چین تھی۔ اب تو صرف نہال ہی نہیں بیسا کھا تک کی عمر شادی کے لائق ہو چکی تھی۔ اس میں اتنی قوت نہیں تھی کہ اُن کی جوانیاں سنبھال کر رکھتی۔ اُسے تو ہر وقت یہ ڈر لگا رہتا کہ کہیں کوئی ایسا کام نہ کر بیٹھیں جس کی شرمندگی سبھی کو تاعمر اُٹھانی پڑے۔ گاہے بہ گاہے وہ انہیں اشاروں میں تاکید کرتی رہتی۔ وہ اکثر اپنی بوڑھی ساس سے کہتی۔

''دیکھ لیا چار چار پوتوں کا سکھ۔ کیا اسے گھر کہتے ہیں؟ نہ کسی کے آنے جانے کا وقت، نہ انہیں اُٹھنے بیٹھنے کا سلیقہ، گھر میں بہن ہوتی تو اس طرح ننگ دھڑنگ بے شرموں کی طرح سارے گھر میں نہ گھومتے پھرتے۔ گاؤں کی کوئی بھی عورت ہمارے گھر آنا اسی لیے پسند نہیں کرتی کہ ان کم بختوں کو زندگی کے طور طریقے نہیں آتے۔ اب تو میں سوچتی ہوں کسی کی بھی شادی ہو جائے۔ گھر میں ایک لڑکی آ جانے سے کم سے کم یہ گھر گھر تو بن جائے گا اب تک تو یہ راکھشوں کا اکھاڑا لگتا ہے۔''

بوڑھی دادی پوتے کے سر پر سہرا دیکھے بنا ہی پوری عمر بھوگ کر چل بسی۔ کھیتوں کا کام چاروں بھائی سنبھالتے تھے۔ گھر اور مویشیوں کی ذمہ داری بے بے کے سر تھی۔ اکیلی جان گھر کا بوجھ ڈھوتے ڈھوتے اب تھک چکی تھی۔ وہ سوچ رہی تھی کہ اب نسل آگے کیسے بڑھے گی۔ اس روز منجیت بتا رہی تھی کہ چودھری کا لڑکا گاؤں کے ایک لڑکے کے ساتھ بھاگ گیا۔ کل کو اگر اس کا کوئی بیٹا ایسا نکلا تو......؟ یہ خیال آتے ہی وہ لرز اُٹھی۔ وہ ہاتھ پر ہاتھ رکھے نہیں بیٹھ سکتی۔ بہو تلاشنے کی مہم ایک بار پھر تیز کر دی تھی۔ اس بار وہ کامیاب ہو گئی تھی۔ رشتہ تو وہ نہال کے لیے مانگنے گئی تھی مگر پمو کے گھر والوں کو مکھن زیادہ پسند تھا۔ نہ چاہتے

ہوئے بھی نہال کو چھوڑ کر اسے پہلے مکھن کے سر سہرا سجانا پڑا۔ دُلہن کے گھر آ جانے سے گھر کے نقشے میں کچھ سدھار تو ہوا تھا۔

نئی نویلی دُلہن کو گھر میں گھومتے دیکھ نہال کو کچھاٹ پٹا سا لگا تھا۔ وہ گھر کا بڑا بیٹا، اگر اُس کی شادی پہلے ہو جاتی تو یہ چوڑیوں کی کھنک یہ پازیب کا مدھم سنگیت وہ بے جھجک اس رس میں ڈوب جاتا پر اب وہ ان سب سے کترانے لگا تھا۔ زیادہ سے زیادہ وقت وہ گھر سے باہر ہی گزارتا۔ پمو کے آنے سے پہلے وہ گرمیوں میں صحن میں بستر بچھا کر اپنے بھائیوں کے ساتھ سو جاتا تھا مگر اب انہوں نے صحن کے بجائے چھت پر سونا شروع کر دیا تھا۔ پہلے تین بھائی چھت پر سوتے تھے پھر دو رہ گئے۔ روڈے کی راتیں اکثر گھر سے باہر گزرنے لگیں تھیں۔ اُسے نشے کی اسی لت لگ چکی تھی کہ بے بے اور نہال کوششوں کے باوجود اُسے اس جنجال سے نکال نہیں پائے تھے۔ پھر وہ دن بھی آیا جب لاکھ کہنے کے باوجود اس نے کھیتوں پر آنا تو چھوڑ ہی دیا تھا اوپر سے اپنے حصے کا تقاضا بھی کرنا شروع کر دیا۔ سب جانتے تھے اُسے اپنا حصہ کس لیے چاہیے۔ اس کے پردادا کے پاس پچاس ایکڑ زمین تھی جو بٹتے بٹتے اس کے والد کے حصے میں دس ایکڑ ہی رہ گئی تھی۔ اب اس دس ایکڑ کے بھی چار حصے لازمی تھے۔ بے بے نے جب اسے پیار سے، ڈانٹ سے، غصہ سے منانا چاہا وہ پھر بھی اپنی ضد پر اڑا رہا تو بے بے نے چار کی جگہ زمین میں پانچواں حصہ مانگ لیا۔ وہ پانچواں حصہ خود اس کے لیے تھا۔ دو ایکڑ کا حصہ لے کر وہ گھر سے الگ ہو گیا۔

پمو نے بہت جلد گھر کے سبھی کام اپنے ہاتھ میں لے لیے۔ بے بے صحن میں بیٹھی بیٹھی اس کے کاموں میں ہاتھ بٹانے لگی تھی۔ کام بھی کرتی جاتی، پاٹھ بھی کرتی رہتی، بہو سے باتیں بھی کرتی اور نہال اور بیسا کھا کی ہر ضرورت کا خیال بھی رکھتی۔ ایک بار نہیں ہزار بار اُس نے یہ بات سُنا کر پمو کو پکّا کر دیا تھا کہ:

''دیکھ نُو رانی! یہ بات پلّے باندھ لے جب تک تیرے جیٹھ اور دیور کی شادی نہیں ہو جاتی، ان کے سب کام تو ہی دیکھے گی۔ ان کی ہر ضرورت کا خیال تو نے ہی رکھنا ہے۔ جب ان کی بیویاں آ جائیں گی تو وہ جانیں یا یہ جانیں تو اپنے فرض سے پیچھے مت ہٹنا۔''

وہ سر کو ذرا سی جنبش دے کر ''ہاں'' میں سر ہلا دیتی۔

ایک رات نہال اور بیسا کھا کھانا کھا کر چھت پر سونے کے لیے پہنچ گئے۔ دونوں دیر تک باتیں کرتے رہے پھر بیسا کھا نے کچھ رُک کر کہا۔

''ویرے میں نے ضروری بات کرنی ہے تجھ سے۔''

''اتنی دیر سے غیر ضروری باتیں کر رہا تھا۔'' اس نے کروٹ اس کی طرف بدل کر کہا۔

''سوچتا تھا کہوں یا نہ کہوں؟''

''ایسی بھی کون سی بات ہے، اب کہہ بھی دے۔ نیند آ رہی ہے مجھے اب۔ جلدی سے بتا کیا بات ہے؟''

''بُدھ کو جگتار ٹرک لے کر کلکتہ جا رہا ہے۔ مجھے بھی ساتھ چلنے کو کہہ رہا ہے۔ میں سوچتا ہوں میں بھی چلا جاؤں۔''

جگتار اور کلکتے کا ذکر سُن کر اُس کا ماتھا ٹھنکا۔ نیند یکدم غائب ہوگئی اور وہ اُٹھ کر بیٹھ گیا۔

''تو نے کیا کرنے جانا ہے اُس کے ساتھ؟''

''میں......!'' وہ ہکلانے لگا۔

''دیکھ بیسا کھے مجھے صاف صاف سب بتا دے میں جگتار کو بھی جانتا ہوں اور تیرے ارادے بھی مجھے ٹھیک نہیں لگ رہے۔ بتا کیا بات ہے؟''

''تھک گیا ہوں میں میرے لوگوں کی باتیں سُنتے سُنتے۔ کل کے چھوکرے پھبتیاں کستے ہیں۔ اپنے ہی یار دوست جن کے ساتھ بچپن میں کھیل کر جوان ہوئے، ہمیں دیکھ کر راستہ بدل لیتے ہیں اور اگر اُن کے گھر چلے جاؤ تو باہر دروازے سے ہی بھگا دیتے ہیں۔ ویرے ہماری شادی نہیں ہوئی، اس کا مطلب یہ تو نہیں کہ ہماری کوئی عزت ہی نہیں۔''

''یہ عزت والی بات کہاں سے آ گئی؟ بے بے نے کتنی کوشش کی۔ ہمارے لیے لڑکی دیکھنے کی اگر قسمت میں نہیں بیاہ لکھا تو کوئی کیا کر سکتا ہے؟ اور پھر ہم اکیلے ہی تو اس گاؤں میں چھڑے ملنگ نہیں ہیں اور بھی تو ہیں ہمارے ساتھی۔''

''مجھ میں تم جیسا صبر نہیں۔''

''کیا مطلب؟ تو کہنا کیا چاہتا ہے صاف صاف بتا۔''

''میں جگتار کے ساتھ کلکتہ جاؤں گا اور وہیں سے اپنے لیے دُلہن لے آؤں گا۔ وہ کہتا تھا وہاں آسانی سے لڑکیاں مل جاتی ہیں۔''

''اوہ! تو یہ بات ہے۔ تو دلہن خرید کر لائے گا؟''

''ایسا ہی سمجھ لو۔''

''مگر بے بے اس کے لیے کبھی راضی نہ ہوگی۔ کسی بنگالن کو وہ اپنی بہو کبھی نہیں مانے گی۔ اور یار سوچ تو کل تیرے بچے ہوں گے۔ سردار کے بچے، جٹ کے بچے بنگالی صورت والے۔'' سوچتے ہوئے

اسے بے ساختہ ہنسی آ گئی۔

''جو بھی ہوگا ٹھیک ہوگا۔ ہونگے تو میرے ہی بچے۔'' وہ جھنجھلا کر بولا۔

''دیکھ بیسا کھے یہ تیری زندگی ہے۔ تُو اپنی مرضی کا مالک ہے مگر میں جانتا ہوں بے بے کبھی راضی نہ ہوگی۔ وہ تو نائی کی کملیشو کا سُن کر بھڑک اٹھی تھی تو کیا ہوا اگر وہ نائی کی بیوہ بیٹی تھی، تھی تو اپنے علاقے کی۔ اگر تُو بنگالن لے آیا تو اُس کی بات کون سمجھے گا؟''

''کچھ بھی ہو۔ اچھا ہے نہ وہ کسی کی بات سمجھے اور نہ کوئی اس کی بات سمجھے۔ کم سے کم میرا گھر تو بس جائے گا۔ لوگوں کے منہ تو بند ہو جائیں گے۔''

''سوچ لے ایک بار پھر۔ اور سُن بے بے سے بات کر لینا اُسے منا کر ہی جگتار کے ساتھ جانا۔''

''یہ ہی تو مشکل کام ہے۔ دیکھتا ہوں بے بے سے بات کر کے۔''

''ویرے تو ہی بے بے سے میری سفارش کر دینا۔''

''اگر مجھے کبھی بات کرنی ہوگی تو میں اپنے لیے کروں گا تیرے لیے کیوں کروں؟''

''بڑا بھائی نہیں تُو میرا؟''

''چل اچھا سو جا صبح ہوتی ہے تو دیکھتے ہیں کیا ہوتا ہے؟''

جس بات کا اُنہیں ڈر تھا وہی ہوا۔ بے بے کو پتا چلا تو اُس نے سارا گھر سر پر اٹھا لیا۔ وہ کسی بھی قیمت پر راضی نہیں ہوئی۔ نہال بیچ میں پڑا تو بے بے نے رونا شروع کر دیا۔ آنسو اور وہ بھی بے بے کی آنکھوں میں، نہال نے ہتھیار ڈال دئے اور بیسا کھا غصّے سے پیر پٹکتا نکل گیا۔ اُس رات وہ گھر نہیں آیا۔ نہال اُسے تلاش کرتا کرتا جگتار کے اڈے پر جا پہنچا اُسے سمجھا بجھا کر گھر تو لے آیا مگر اُس نے اپنی ضد نہیں چھوڑی اور بدھ کی صبح وہ بیگ لے کر گھر سے نکل گیا۔ بے بے روتی چلاتی رہ گئی مگر وہ رُکا نہیں۔ تین مہینے اس کی کوئی خیر خبر نہیں آئی اور پھر ایک روز اچانک ایک بنگالی دلہن کو ساتھ لے کر گھر لوٹ آیا۔ آتے ہی بے بے کے قدموں میں گر گیا۔

''بے بے تیری بہو۔ آشرباد دے دے۔''

وہ ہکّی بکّی اُس آدھی پسلی کی مریل سی لڑکی جس کے سانولے چہرے پر دو بڑی بڑی کالی آنکھیں خوف اور بے بسی کی دہائی دے رہی تھیں۔ جسے دیکھتے ہی بے بے نے اپنا سر پکڑ لیا اور بے ساختہ منہ سے نکلا۔

''وے جین جوگیا، اے کیہہ لے آیا وے؟ نہ منہ نہ متھا جن پہاڑوں لتھا۔''

''بے بے تیری بہو ہے۔شادی کرا کے لایا ہوں۔''

''کتنے میں خریدی۔''

''بے بے خریدی نہیں۔غریب باپ کی بیٹی ہے۔اس کے باپ کی نہیں اپنے سسر کی صرف مدد ہی کی ہے۔''

''اوئے اسے خریدنا ہی کہتے ہیں اور بکی ہوئی عورت کی کوئی عزت نہیں ہوتی۔ نہ گھر میں نہ سماج میں۔ نہ ہی لوگ اس کی عزت کریں گے اور نہ ہی کل تُو اس کی عزت کرے گا۔''

''بے بے بیوی ہے میری۔ ایسا مت کہہ۔ گھر بسانا ہے مجھے اس کے ساتھ تُو بس آشیرباد دے دے۔''

''ایک بات تُو میری سُن لے۔تو نے اپنی مرضی کی، ہماری ایک نہ سُنی۔تُو اپنی مرضی کا مالک۔ اسے لے کر اپنی الگ سے گھرہستی بسا لے۔اب اس گھر میں تیرے لیے کوئی جگہ نہیں۔''

''مگر بے بے میں اسے لے کر جاؤں گا کہاں؟''

''یہ تو تجھے پہلے سوچنا چاہیے تھا۔تیرے بڑے خیر خواہ ہیں یہ صلاح بھی دے دیں گے۔''

اب تک بات سارے گاؤں میں پھیل چکی تھی اور نہال بھی یہ خبر سُن کر گھر کی طرف لپکا۔اپنے گھر کے باہر لوگوں کو اُچک اُچک کر اندر دیکھتے بھڑک اٹھا۔

''تماشا ہو رہا ہے کوئی؟ بھاگو اپنے اپنے گھروں کو۔''

اس کی زوردار آواز سن کر لوگ تتر بتر ہو گئے۔

''بے بے یہ کیا کر رہی ہو؟ کیوں تماشا بنا رہی ہو؟ بیاہ کر لایا ہے بھگا کر نہیں لایا۔'' بے بے کے کاندھے پر پیار سے ہاتھ رکھ کر اُسے سمجھانے لگا۔

''مگر دیکھ تو کیا گُل کھلایا ہے اس چندرے نے۔'' بے بے کی آنکھیں برسنے لگی تھیں۔

''چپ کر بے بے رونا۔ جو ہو گیا سو ہو گیا۔تو بس ٹھنڈ رکھ۔''ماں کو سینے سے لگا کر چپ کرانے لگا۔

بیسا کھا اپنی دلہن کے ساتھ وہیں پریشان کھڑا رہا۔ پمو رسوئی میں کام کرتے کرتے باہر دیکھ رہی تھی۔

''چل اوئے بیسا کھیا لے جا اپنی دلہن کو اندر۔ جا منہ ہاتھ دھو کر کچھ کھا پی لے۔''

یہ سنتے ہی بیسا کھے نے راحت کی سانس لی اور بیوی کو پیچھے آنے کا اشارہ کرتے ہوئے جلدی جلدی کمرے میں چلا گیا۔

''پمو۔ جا کر دیکھ انہیں کیا چاہیے۔'' بہت کم وہ پمو کو اُس کے نام سے بُلا کر کوئی کام کہتا تھا۔

پمو کو اُس نے کمرے میں اُن کے پیچھے جاتے دیکھا اور خود وہ بے بے کو منانے کی کوشش کرنے لگا۔ بیسا کھے کا اس طرح بنگالی لڑکی بیاہ کر لے آنا اُسے بھی اچھا نہ لگا تھا۔ اُس کا درد، اُس کی محرومیاں، اُس کی خواہش، اُس کی ضرورتیں اُس کی تشنگی کو محسوس کر سکتا تھا۔ وہ بھی تو اسی کشتی کا مسافر تھا فرق صرف اتنا تھا کہ وہ بے بے کو دُکھ دے کر کوئی کام نہیں کرنا چاہتا تھا۔ جی تو اُس کا بھی چاہتا تھا کہ کوئی اُس کی راہ دیکھے اُس کے سب کام کرے، تھک ہار کر جب کھیتوں سے لوٹے تو دو بول پیار کے بولے۔ اُس کے بھی گھر میں بچوں کا شور ہو۔ وہ صرف ٹھنڈی آہ بھر کر رہ گیا۔

بہت جلد آٹھ ایکڑ زمین کے پھر حصے ہو گئے۔ دو ایکڑ اپنے حصے کی زمین لے کر بیسا کھا اپنی بیوی کو لے کر الگ گھر بسانے کے لیے دہلیز پار کر گیا۔

زمین اور گھر کے بٹوارے تو سب نے دیکھے مگر بے بے کے دل کے کتنے ٹکڑے ہوئے، کتنے ارمان سسک سسک کر ٹوٹے، یہ کسی کو دکھائی نہیں دیا۔ اسے جسمانی تکلیف کوئی نہیں تھی، بس موہ کا روگ لگ گیا۔ بیٹوں کا موہ دیمک کی طرح اُسے اندر سے کھوکھلا کرتا رہا۔ اپنے سب سے فرمانبردار لاڈے بیٹے کے گھر نہ بسا سکنے کی ناکامیابی اُسے تڑپاتی رہی اور ایک روز یہ ارمان لیے وہ اس دنیا سے رخصت ہوگئی۔

بے بے کے گزر جانے کے بعد مکھن اور پمو اُس کا پورا خیال رکھتے۔ مکھن کھیتوں پر اُس کے ساتھ کام کرتا۔ منڈی بھی ایک ساتھ جاتے اور کوشش کرتا کہ وہ کہیں دوستوں کے ساتھ رُک نہ جائے، سیدھے اس کے ساتھ ہی گھر چلے۔ پمو بھی اُس کی ہر ضرورت کا خیال رکھتی۔ وقت پر کھانا دینا، اس کے کپڑے دھونا، اس کا بستر چھت پر لگانا، سب وہ بِنا کہے ہی کرتی۔ پھر بھی نہال کو وہ اپنا گھر نہیں لگتا تھا وہ اسے پمو کا گھر کہنے لگا تھا۔ بے بے کے جاتے ہی اُس کے سر کا پلو بھی ڈھلک گیا تھا۔ اپنے گھر کا احساس شاید بے بے اپنے ساتھ ہی لے گئی تھی۔ روڈا تو اپنی زمین بیچ کر نہ جانے کہاں نکل چکا تھا۔ بیسا کھا اپنی بنگالن کے ساتھ خوش تھا بس وہ ہی تنہا رہ گیا تھا۔ اُسے چرن سنگھ کی بات بار بار یاد آ رہی تھی۔ سُنتے ہی جس بات کو اس نے انکار دیا تھا، اب وہ ہی بات اُسے بھلی لگنے لگی تھی۔ وہ سوچنے لگا کب تک وہ ایسے ہی بے مقصد زندگی جیتا رہے گا؟ کب تک وہ چوروں کی طرح نتھنی والی کے پاس اپنی ضرورتیں پوری کرنے جاتا رہے گا؟ اُسے بھی کوئی اپنا چاہیے۔ بیسا کھا بھی تو خوش ہے، لوگ ایک دن باتیں کریں گے، دو دن کریں گے، پھر خاموش ہو جائیں گے۔ بچے کالے پیلے پیدا ہو بھی گئے تو کیا؟ ہونگے تو اُسی کے۔ جب یہ ہی بات بیسا کھے نے اُس سے کہی تھی تو وہ کیسے کھلکھلا کر ہنستا تھا۔ اب وہ بھی تھک گیا ہے۔

رات صحن میں تخت پر بیٹھے دونوں بھائی کھانا کھا رہے تھے اور پمو رسوئی سے ایک ایک کر کے گرم

گرم روٹی اُن کو پروس رہی تھی۔ نہال نے باتوں باتوں میں چرن سنگھ کا ذکر چھیڑ دیا۔

''مکھن یار چرن سنگھ بڑا زور ڈال رہا ہے ساتھ چلنے کو''

''کیا؟''

''کہہ رہا ہے کچھ دنوں کے لیے اُس کے ساتھ بہار چلوں۔''

''بہار؟ وہاں کیا ہے؟''

''اس کے کچھ رشتے دار رہتے ہیں۔ اُن کی بہت جان پہچان ہے۔ ہوسکتا ہے کوئی لڑکی پسند آ جائے۔''

''ویرے تو بھی......؟'' اُس نے حیرت سے بھائی کو دیکھا۔

''کیا کروں یار؟ میری بھی تو کچھ ضرورتیں ہیں کچھ ارمان ہیں۔ اب اکیلے زندگی نہیں کٹتی۔ پنجاب کی زمین تو ہمارے لیے بنجر ہوگئی۔'' اُس کی آواز میں مایوسی اور بیزاری نمایاں تھی۔ پمو کے ہاتھ روٹی سیکتے رُک گئے۔ اُس نے کان اُن کی باتوں کی طرف لگا دیئے۔

اس رات نہ جانے کیوں پمو چین سے سو نہیں سکی۔ بے بے کی باتیں اُسے رہ رہ کر ستانے لگیں۔ اس نے تو وعدہ کیا تھا بے بے سے کہ وہ اس کی ہر ضرورت کا خیال رکھے گی، اُسے کوئی تکلیف نہیں ہونے دے گی۔ ساتھ سویا مکھن سنگھ خراٹے بھرتا رہا اور وہ کروٹیں بدلتی رہی۔

پتا نہیں وہ زمین کے ایک اور بٹوارے، گھر کے بٹوارے، اپنی حکومت کے بٹوارے یا پھر مرد کے بٹوارے، نہ جانے کس کے خوف نے اس کے اندر کی سوئی ہوئی دروپدی کو بیدار کر دیا۔ وہ سوچنے لگی کہ اگر کل کی طرح اس نے دوبارہ اس کی کلائی پکڑ لی تو وہ اُسے چھڑوائے گی نہیں اور نہ ہی بھگوان کرشن کو اپنی مدد کے لیے پکارے گی۔ اسے تو اپنے فرائض پورے کرنے ہیں، اسے تو بے بے سے کیا ہوا وعدہ پورا کرنا ہے۔

◀◀ ● ▶▶

● اقبال حسن آزاد

جادوگر

وہ ہوا میں معلق تھا۔
اوپر آسمان تھا اور نیچے زمین......
لیکن وہ نہ تو آسمان پر تھا نہ زمین پر......
وہ تو بس ہوا میں معلق تھا۔

ہوا یوں کہ ایک مصروف شاہراہ کے کنارے ایک جادوگر اپنا تماشا دکھا رہا تھا۔اس کے سر پر ایک لمبا سا ہیٹ تھا، آنکھوں پر خوبصورت فریم کا چشمہ، ہلکی سفید مونچھیں اور منہ میں سگار۔سگار کو سلگایا نہیں گیا تھا۔شاید وہ صرف ایک نمائشی حربہ تھا۔اس نے ملگجے رنگ کا ایک لانبا سا اُورکوٹ زیب تن کر رکھا تھا اور اسی رنگ کی پتلون پہن رکھی تھی۔ پیروں میں گرد آلود لیکن مضبوط جوتے تھے۔گویا اس کی زندگی اسفار سے عبارت تھی۔اس کے کاندھے پر ایک بڑی سی زنبیل تھی جس میں دنیا بھر کے تجربات و مشاہدات بند تھے۔اس نے زنبیل ایک جانب رکھی اور کوٹ کی جیب سے ایک ڈگڈگی نکال کر اسے بجانا شروع کیا۔ ڈگڈگی کی آواز سن کر راہ گیر اس کی جانب متوجہ ہونے لگے اور پھر دیکھتے ہی دیکھتے اس کے گرد تماش بینوں کی بھیڑ لگ گئی۔اس بھیڑ میں بچے بھی تھے، بوڑھے بھی اور جوان بھی۔لیکن کوئی عورت نہ تھی۔ جب بہت سارے لوگ جمع ہوگئے تب اُس نے اپنے منہ میں دبے سگار کو نکال کر کوٹ کی جیب میں رکھ لیا اور پھر اس کی زبان سے سحر زدہ کرنے والے الفاظ نکلنے لگے۔اُس کی زنبیل میں دنیا بھر کے قصے تھے جنہیں وہ مزے لے لے کر سنا رہا تھا۔مجمع اس کی باتوں کو بہت غور سے سن رہا تھا۔اس کی باتوں پر زور زور سے تالیاں بجنے لگیں۔ وقفے وقفے سے وہ تھوڑی دیر کے لیے خاموش ہو جاتا اور اس دوران گہری نظروں سے تماش بینوں کو دیکھتا۔اس کی خاموشی پر بھی تالیاں بجتیں اور جب تالیوں کی گڑگڑاہٹ ختم ہو جاتی تو وہ پھر سے بولنا شروع کر دیتا۔ جب اُس کے قصے سنانے کا سلسلہ ختم ہوا تو اُس نے ایک دس گیارہ برس کے بچے کو اشارے سے اپنی جانب بُلایا۔ پہلے تو وہ ہچکچایا، پھر اُس نے مُڑ کر اپنے والد کی طرف دیکھا۔والد نے اسے آنکھ کے اشارے سے اجازت دے دی۔تب وہ دھیرے دھیرے چلتا ہوا جادوگر کے پاس پہنچا۔جادوگر نے اسے مسکرا کر دیکھا۔پھر اس نے اس کے سر پر ہاتھ رکھ کر کوئی منتر پڑھنا شروع کیا۔ بچے کی آنکھیں مُندنے

لگیں۔ منتر پڑھ چکنے کے بعد اس نے تحکمانہ لہجے میں کہا۔

''اُڑ جاؤ۔'' اور بچے کسی پرندے کی طرح آسمان کی جانب اُڑ چلا۔ تالیوں کے شور سے آس پاس کے درختوں پر بیٹھے ہوئے پرندے بھی شور مچاتے ہوئے آسمان کی وسعتوں میں پرواز کرنے لگے۔ جب وہ بچہ کچھ اونچائی پر پہنچ گیا تب جادوگر زور سے چلایا۔

''رُک جاؤ۔'' بچہ وہیں رک گیا۔

تماش بینوں نے ایک بار پھر تالیوں سے خراج تحسین پیش کیا۔ جادوگر نے اپنے چاروں طرف نظریں گھمائیں اور مجمع سے پوچھا۔

''کیا کوئی اس بچے کو زمین پر واپس بُلا سکتا ہے؟''

لوگ ایک دوسرے کی جانب سوالیہ نظروں سے دیکھنے لگے۔ پھر ایک شخص نے اس بچے کی طرف انگلی اُٹھا کر کہا۔

''نیچے آؤ۔'' لیکن اس کے حکم کا بچے پر کوئی اثر نہ ہوا اور وہ بدستور ہوا میں معلق رہا۔ جادوگر نے ایک بار پھر مجمع پر یوں نظریں دوڑائیں۔ گویا وہ سبھوں کو چیلینج دے رہا ہو۔ پھر سبھوں نے مل کر ایک ساتھ آواز لگانا شروع کیا۔

''نیچے آؤ، نیچے آؤ۔'' لیکن بچہ بدستور اپنی جگہ پر معلق رہا۔

تب اس نے بچے کی جانب اپنی انگلی اُٹھا کر کہا۔

''نیچے آؤ۔'' بچہ آہستگی کے ساتھ زمین پر اُتر آیا۔ لوگوں نے ایک بار پھر زبردست تالیاں بجائیں۔

اس کے بعد جادوگر نے اور کئی لوگوں کے ساتھ یہ جادو دکھایا۔ ان میں بچے بھی تھے، بوڑھے بھی اور جوان بھی۔

اب شام ہو چلی تھی۔ جادوگر نے اپنا سامان سمیٹنا شروع کیا۔ تبھی ایک شخص تیز تیز قدموں سے چلتا ہوا اس کے پاس آیا اور ملتجیانہ انداز میں یوں گویا ہوا۔

''سر! پلیز، مجھے بھی اُڑا دیجیے۔'' جادوگر نے اس کی جانب چونک کر دیکھا کیونکہ یہ پہلا شخص تھا جو خود ہی اُڑنا چاہ رہا تھا۔ جادوگر خاموش تھا۔ اُس شخص نے اس کی خاموشی کا نہ جانے کیا مطلب نکالا کہ وہ اس کی خوشامد پر اُتر آیا اور اس کی قصیدہ خوانی کرنے لگا۔ جادوگر کے چہرے پر ایک پُراسرار مسکراہٹ دوڑ گئی۔ پھر اس نے اس شخص کے کاندھے پر ہاتھ رکھ کر اسے ایک جانب کیا اور بآواز بلند مجمعے سے مخاطب ہوا۔

''کیا میں اسے بھی اُڑا دوں؟''

''ہاں، ہاں، ضرور، کیوں نہیں!'' ہر طرف سے یہی آواز آنے لگی۔ تب وہ اس شخص کے مقابل آ کھڑا ہوا۔ اب دونوں آمنے سامنے تھے۔ اس کے بعد جادوگر نے وہی منتر پڑھنا شروع کیا۔ اس شخص پر تنویمی کیفیت پیدا ہونے لگی اور اس کی آنکھیں بند ہونے لگیں۔ اُس کے بعد جادوگر نے اپنے دونوں ہاتھوں کو ہوا میں اُٹھا کر کہا۔

''اُڑ جاؤ۔'' اور دیکھتے ہی دیکھتے وہ شخص ہوا میں اُڑ چلا۔ جب وہ کافی اونچائی پر پہنچ گیا تو جادوگر نے اس کی جانب انگلی کے اشارے سے کہا۔

''رُک جاؤ۔'' اور وہ وہیں پر رُک گیا۔ مجمعے پر ایک بار پھر جوش طاری ہو گیا اور پوری فضا تالیوں کی گڑگڑاہٹ سے گونج اُٹھی۔ ہوا میں معلق شخص نے نیچے زمین پر نظر ڈالی۔ ہر آدمی اسے بونا دکھائی دینے لگا اور اسے اپنی ذات بلند، بہت بلند لگنے لگی۔ اس کی آنکھوں میں غرور کا نشہ تیر گیا اور ہونٹ تفاخرانہ انداز میں پھیل گئے۔

جادوگر نے اپنا سامان سمیٹنا شروع کیا۔ لوگوں میں اب بے چینی پھیلنے لگی وہ کہنے لگے۔

''ارے، پہلے اسے زمین پر تو واپس بلاؤ۔'' جادوگر نے ایک نظر ہوا میں معلق شخص پر ڈالی۔ اس کی آنکھوں میں ایک عجیب سی چمک پیدا ہوئی۔ پھر اس نے مجمعے کو مخاطب کرتے ہوئے کہا۔

''اِس شخص کو اونچائی پر پہنچنے کا بہت شوق تھا۔ اب اسے وہیں رہنے دیں۔ زمین سے اس کا رشتہ کٹ چکا ہے۔ اب یہ زندگی بھر ہوا میں معلق رہے گا۔

◄◄ ● ►►

● محمد جمیل اختر

مُسکراتے شہر کا آخری اُداس آدمی

اُس شہر میں ہر وقت ہنستے رہنے کا قانون اب مکمل طور پر نافذ ہو چکا تھا سو اب وہاں کسی کو بھی رونے یا اُداس رہنے کی اجازت نہیں تھی ۔ پولیس کے جوان گلی گلی گھومتے اور اگر انہیں کوئی بغیر مسکراہٹ کے ملتا تو اُسے فوراً گرفتار کر لیتے ۔ رفتہ رفتہ ملک میں اُداس لوگ ختم ہو گئے اور وہاں ایک نا ختم ہونے والی اُداسی پھیل گئی کہ جس میں قہقہوں کا شور تھا لیکن قانون نافذ کرنے والے اداروں کا کام فقط اداس چہرے ختم کرنا تھا۔گلیوں بازاروں میں ہر کوئی چہرے پہ مُسکراہٹ سجائے گھوم پھر رہا ہوتا اور لوگ پولیس کے جوانوں کو دیکھ کر اونچے اونچے قہقہے لگاتے تا کہ اُنہیں یقین ہو جائے کہ وہ لوگ اداس نہیں ہیں ۔ کچھ لوگوں نے ماہر ڈاکٹروں کی خدمات حاصل کر کے اپنے جبڑے اس طرح ڈیزائن کرا لیے تھے کہ مُسکرانے کے لیے اُنہیں کوشش نہیں کرنی پڑتی تھی ،سوتے جاگتے مُسکراہٹ اُن کے چہرے کا حصہ تھی ۔اور ایسی کیفیات اور حالات کہ جن میں آدمی کے لیے رونا اشد ضروری ہو جاتا ہے اُس کے لیے انتظامیہ سے اجازت نامہ بنوانا پڑتا تھا۔قانون نافذ ہونے کے بعد اجازت نامہ بنانے والے ادارے کے باہر ایک لمبی قطار تھی جو شہر کے ایک سرے سے دوسرے سرے تک تھی ، وہاں لوگ قہقہے لگاتے ہوئے اپنے رونے کے اجازت نامے بنوا رہے ہوتے ۔ انتظامیہ رنگ ، نسل ، حادثہ اور دکھ کے حساب سے اجازت نامہ کا اجرا کرتی ۔ اُس شہر کے لوگ کسی حادثہ کی خبر سنتے تو جیب سے اپنا اجازت نامہ نکالتے اگر دُکھ اُن کے اجازت نامہ کے مطابق نہ ہوتا تو وہ چپ چاپ آگے بڑھ جاتے ورنہ فوراً گلے میں اپنا اجازت نامہ لٹکا لیتے جس پر دُکھ کی تفصیلات لکھی ہوتی تھیں ۔

رفتہ رفتہ اُس شہر کے لوگوں کی آنکھوں سے نمی کم ہونے لگی اور ایک ہنستی مسکراتی اداسی نے شہر کو اپنی لپیٹ میں لے لیا۔

اُسی شہر میں ایک نوجوان جو بے حد اُداس تھا اُسے کوشش کے باوجود مسکرانا نہ آیا تو اُس نے خود کو گھر میں قید کر لیا۔ وہ کھڑکی سے باہر گلی میں دیکھتا رہتا جہاں ہنستے مسکراتے ہوئے لوگ گزر رہے ہوتے یا انہوں نے چہرے پہ اجازت نامے لٹکائے ہوئے ہوتے اور وہ انہیں دیکھ دیکھ کر حیران ہوتا رہتا ۔ وہ بے حد دُکھی اور پریشان تھا۔ پہلے کبھی کبھار اُسے کوئی اپنی طرح اداس چہرہ بھی مل جاتا لیکن جب سے یہ قانون با قاعدہ نافذ ہوا تھا اداس چہرے یکدم ختم ہو گئے تھے ۔ وہ جب کبھی پولیس کے آدمیوں کو دیکھتا تو فوراً کھڑکی سے ہٹ جاتا کہ کہیں وہ اُس کی اداسی نہ دیکھ لیں ۔

ایک روز کھڑکی سے اُس نے اپنے پڑوسی کو دیکھا جو اپنے بیمار بچے کو ہسپتال لے کر جا رہا تھا اور اُس کے چہرے سے پریشانی عیاں تھی غالباً اُس کا بچہ بہت زیادہ بیمار تھا۔ اسی دوران پولیس کا آدمی گشت کرتا ہوا اُس گلی میں آن پہنچا، آدمی نے پولیس والے کو دیکھا تو فوراً اونچی آواز میں ہنسنے لگا۔

''جناب وہ میرا بچہ بیمار ہو گیا ہے، ہسپتال لے کر جا رہا ہوں ہاہاہا!!!'' آدمی نے ہنستے ہوئے کہا۔

''لیکن جب میں گلی میں داخل ہوا تو میں نے دیکھا کہ تم اداس ہو تمہارا چہرہ کچھ پریشان تھا کیا مجھے تمہیں جیل لے کر جانا چاہیے؟ ہاہاہا......!!!'' پولیس والے نے کہا۔

''نہیں بالکل نہیں آپ کو غلط فہمی ہوئی ہے میں اُس وقت بھی مسکرا رہا تھا، یہ دیکھیں ہاہاہا......!!! میرا بچہ بھی قانون کا بے حد پابند ہے اور ہر وقت چہرے پہ مسکراہٹ سجائے رکھتا ہے۔ میرے پیارے بچے ہنس کے دکھاؤ۔''

''ہی ہی......!!!'' بچہ تکلیف کی شدت میں ہنسا اور بے ہوش ہو گیا۔

اُس نوجوان نے دیکھا کہ اُس کا پڑوسی ہنستے ہوئے بچے کو اٹھا کر وہاں سے بھاگ گیا۔ یہ منظر دیکھ کر نوجوان کا دل بھر آیا اور وہ رو پڑا۔ پولیس والا اپنی کتاب میں کچھ لکھنے لگا کہ اُس کی نظر کھڑکی کی جانب اٹھی جہاں ایک نوجوان رو رہا تھا۔ پولیس والے کو اپنی آنکھوں اور کانوں پر یقین نہ آیا بھلا اِس شہر میں رو کون سکتا تھا۔ یہ قانون کی سراسر خلاف ورزی تھی سو وہ دوڑ کر کھڑکی کے پاس آیا تو نوجوان ڈر کر پیچھے ہٹ گیا۔ پولیس والا زور زور سے دروازے پر دستک دینے لگا۔

''باہر نکلو تمہاری جرات کیسے ہوئی قانون کی خلاف ورزی کرنے کی تمہیں اب سزا ملے گی، ہاہاہا......!!!''

''غلطی ہو گئی جناب، غلطی ہو گئی۔'' نوجوان نے ڈرتے ہوئے کہا۔

''کوئی غلطی نہیں ہوئی تم باہر نکلو تا کہ میں تمہیں جیل لے کر جا سکوں، تم پر اب مقدمہ چلے گا اور تمہیں قانون کے مطابق سزا ملے گی، ہاہاہا......!!!''

''لیکن مجھے سزا سے ڈر لگتا ہے۔'' نوجوان نے کہا۔

''سزا تو ملے گی، دروازہ کھولو...... ہاہاہا!!!''

''نہیں مجھے معاف کر دو، ذرا ٹھہرو...... میں ہنس دیتا ہوں مجھے خوشی کا کوئی واقعہ یاد کر لینے دو۔''

''جلدی ہنسو۔'' پولیس والے نے غصے سے کہا۔

''افسوس کہ مجھے کوئی واقعہ یاد نہیں آ رہا...... دراصل میری زندگی بہت دکھی گزری ہے۔''

''ہنسنے کا خوشی سے کوئی تعلق نہیں، یہ تو قانون میں لکھا ہے...... ہاہاہا!!!''

''آہ مجھے کچھ یاد نہیں آ رہا۔'' نوجوان رو پڑا۔

''تم سزا کے لیے تیار ہو جاؤ...... ہاہاہا!!!'' پولیس والے نے کہا۔

اِسی دوران کچھ اور پولیس والے بھی آ گئے انہوں نے پہلے والے جوان سے پوچھا کہ یہ کیا ہنگامہ ہے۔

''سر اِس مکان میں ایک نوجوان اُداس ہے، رو بھی رہا ہے حتٰی کہ کوشش کر کے بھی نہیں مسکرا پاتا اور اُس کے پاس اجازت نامہ بھی نہیں ہے۔''

''اِسے تو ضرور سزا ملے گی، آؤ ہنستے ہوئے دروازہ توڑ دیں۔''

انہوں نے دروازہ توڑا اور اُس نوجوان کو پکڑ کر جیل خانہ لے آئے، دروازہ بند کرنے سے پہلے پولیس والے نے نوجوان سے پوچھا

''تمہارے پاس ابھی بھی وقت ہے آخری بار پوچھ رہا ہوں کیا تم مسکرا سکتے ہو؟ اگر تم مسکرا دو تو تمہاری سزا میں کمی کی جا سکتی ہے لیکن اگر تم نے یونہی رونا جاری رکھا تو یہ قانون کی مکمل خلاف ورزی کے زُمرے میں آئے گا اور تمہیں قید کر دیا جائے گا۔ یہ دروازہ ایک بار بند ہو جائے تو پھر بہت مشکل سے کھلتا ہے۔ تم سے پہلے بھی اداس اور رونے والے لوگ اندر بند ہیں۔ تم غالباً شہر کے آخری اداس آدمی تھے اب سارا شہر مسکرائے گا...... ہاہاہا!!!...... ہنسو میرے ساتھ پاگل نوجوان۔''

''میری زندگی بہت دکھی ہے مجھے کوئی ہنسی کا واقعہ یاد نہیں آ رہا۔'' نوجوان نے روتے ہوئے کہا۔

''پاگل......! مسکراہٹ کا اب خوشی سے کوئی تعلق نہیں رہا یہ قانون کا حصہ ہے، اندر چلے جاؤ بدنصیب نوجوان...... ہاہاہا!!!''

اور اُس نے جیل کا دروازہ بند کر دیا۔۔

● شموئل احمد

قصاب کی محبوبہ

سادھونی جبّار قصاب کی محبوبہ تھی۔وہ بھاری جسموں والی عورت تھی ۔آنکھیں چھوٹی اور گول تھیں۔قصاب کو ان میں جھیل سی گہرائی نظر آتی ۔ہونٹ باریک تھے اور سینہ تھل تھل تھا۔ اس کے چہرے پر ملائمت ملی عجیب سی کرختگی تھی۔ایسا لگتا ابھی شعلہ ہے ابھی شبنم ہو جائے گی۔لیکن قصاب کو اس کی ناک پسند نہیں تھی جو بدھنی کی ٹونٹی کی طرح اوپر اٹھی ہوئی تھی کہ نتھنے نمایاں ہو گئے تھے۔نظر پہلے نتھنوں پر پڑتی اور جبّار قصاب کو لگتا وہ جڑواں سرنگ کے دہانے پر کھڑا ہے۔اس کے جی میں آتا نتھنوں میں انگلی پھرا کر دیکھے......لیکن پھر اپنے اس خیال پر اس کو کراہیئت سی محسوس ہوتی۔وہ سرنگ سے نظریں ہٹا کرا کر جھیل میں جھانکنے لگتا۔

جبّار تھا تو قصاب لیکن چہرے پر معصومیت تھی ۔رنگ سانولا تھا آنکھیں شگفتہ تھیں۔ بال گھنگھریالے تھے۔جسم بھرا بھرا تھا اور بازوؤں کی مچھلیاں ابھری ہوئی تھیں۔وہ ہنستا تو جامنی ہونٹوں کے درمیان دانت موتیوں کی طرح چمکتے۔اس نے دسویں جماعت تک تعلیم حاصل کی تھی پھر خاندانی پیشے سے لگ گیا تھا۔وہ صبح کا اخبار ضرور پڑھتا اور چٹ پٹی خبروں پر سر دھنتا۔

لیکن محبوبہ کی ایک بات ایسی تھی کہ قصاب لطف بھی لیتا اور گھٹن بھی محسوس کرتا۔

محبوبہ عالم بالا میں ہوتی تو اول فول بکتی۔منھ سے اس قسم کے کلمات ادا ہوتے۔'' ارے کصیّہ......ارے حرامی......ہائے ری ہائے......مار ڈالا رے مار ڈالا......ہو......ہو......ہو......ارے تیری بہن کو مہیشوا اٹھا کر لے گیا......تیری بہن چھنال......ارے منھ جھونسہ......!'' قصاب اس کی بکواس کو ان سنی کر دیتا لیکن لطف اندوز بھی ہوتا۔اس کی ہو ہائے مزہ دیتی۔اس کو برا بھی لگتا کہ بہن کے بارے میں اول فول بک رہی ہے لیکن اس کی بکواس کو وہ کسی نہ کسی واقعہ سے جوڑ کر بھی دیکھتا تھا۔مثلاً جھگی جھوپڑی میں جو دلت لڑکی رہتی تھی اس کو سورن اٹھا کر لے گئے تھے لیکن بات سورنوں کی تھی اس لیے معاملہ رفع دفع ہو گیا تھا۔قصاب کو لگتا سادھونی نے اسی واقعہ کی طرف اشارہ کیا ہے۔اس نے سادھونی کی بات گرچہ ان سنی کر دی تھی لیکن گھر آیا اور بہن پر نظر پڑی تو اسے تشویش ہوئی۔بہن کے بارے میں ایسا کیوں کہا ؟ وہ مہیش سنگھ کو جانتا تھا۔وہ علاقے کا مشہور غنڈہ تھا۔دلت لڑکی کی اجتماعی عصمت دری میں وہ بھی شریک تھا۔سادھونی

کے بنگلے میں اس کا آنا جانا تھا۔اس نے خود کو سمجھایا کہ اس کے ساتھ ایسا کچھ نہیں ہوگا۔تشویش کی کوئی بات نہیں تھی پھر بھی اس نے بہن کو سختی سے منع کیا کہ گھر سے باہر نہیں نکلے گی۔

محبوبہ عالم بالا سے اترتی تو سب کچھ بھول جاتی۔اسے یاد نہیں رہتا کہ کیا بک رہی تھی۔ وہ شبنم ہو جاتی اور قصاب کے چونچلے کرتی۔'' ہائے ری کصیّہ...... بڑا تیز تیرا چھرا...جگ جگ جیئے میرا یارا......!'' وہ اسے کاجو کھلاتی اور گرم دودھ پلاتی۔اور جبّار قصاب کو لگتا کوئی پھولوں بھری وادیوں سے اسے آواز دے رہا ہے۔وہ خوش ہوتا کہ کوئی چاہنے والا بھی ہے۔

سادھونی سے قصاب کی پہلی ملاقات سائیں مندر کی سیڑھیوں پر ہوئی تھی۔وہ سیڑھیاں چڑھ رہا تھا۔سادھونی اتر رہی تھی۔اس کو دیکھ کر ٹھٹھک گئی۔وہ بھی ٹھٹھک گیا۔لیکن پھر آگے بڑھ گیا تھا۔وہ پجاری کو پھولوں کا ہار دے کر لوٹا تو سادھونی سیڑھی پر ہی کھڑی تھی۔اس نے قصاب کو ٹوکا۔

'' تو یہاں کیسے......؟ تو تو قصائی ہے۔''

قصاب کو حیرت ہوئی۔اس نے پہچانا کیسے......؟ وہ ایسے کپڑے بھی نہیں پہنے ہوا تھا کہ پہچانا جاتا، پھر بھی اس نے سکون سے جواب دیا۔

''پجاری جی کو پھول دینے آیا تھا۔''

''اچھا......؟ تو پھول کب سے بیچنے لگا؟''

''جب سے جوگی جی نے بوچڑ خانے بند کیے۔''

واہ جی واہ !بوچڑ خانے بند ہوئے تو قصائی مالی ہو گیا۔لیکن یہ تو ہندوؤں کا مندر ہے۔یہاں تیرا کیا کام؟''

اس کے جی میں آیا جواب دے کہ سائیں تو مسلمان تھے۔بھکتوں نے انہیں بھگوان بنا دیا۔''لیکن اس نے کوئی جواب نہیں دیا اور آگے بڑھ گیا۔

اور یہ حقیقت تھی۔بوچڑ خانے بند ہوئے تو اس کے پاس کوئی روزگار نہیں تھا۔جبّار کے ماموں کی پٹنہ میں دکان تھی۔اس نے جبّار کو پٹنہ بلایا کہ یہاں کاروبار سنبھالے۔لیکن جبّار پٹنہ جانا نہیں چاہتا تھا۔اس کو خدشہ تھا کہ وہاں گیا تو ماموں کی کانی لڑکی سے شادی کرنی پڑے گی۔اس نے سائیں کے چرن پکڑ لیے۔ اس نے سن رکھا تھا کہ سائیں سے جو مانگو ملے گا۔وہ مسلم صوفی تھے لیکن مندر بھی جایا کرتے تھے۔جس مسجد میں رہتے تھے اس کا نام دوار کا مائی رکھ دیا تھا۔سائیں مندر میں دیوی دیوتاوں کے ساتھ سائیں کی بھی آرتی اتاری جاتی تھی جس پر اچاریہ جی کو اعتراض تھا۔انہوں نے فرمان جاری کیا تھا کہ ہندو دیوی دیوتاوں کے ساتھ سائیں کی آرتی نہیں اتاری جاسکتی ورنہ سائیں بھکتوں پر گنگا اشنان تنگ کر دیا جائے گا۔لیکن بھکتوں

پر کوئی اثر نہیں ہوا۔ آرتی بھی اتارتے رہے اور گنگا اشنان بھی کرتے رہے۔

قصاب کو سائیں سے عقیدت تھی۔ اس نے مندر میں پرارتھنا کی کہ سائیں راستہ بھاؤ...... کیا کروں۔ مندر سے باہر آیا تو ایک لنگڑے کو پھول بیچتے دیکھا۔ سمجھ گیا سائیں کا اشارہ ہے پھول بیچو۔ اس نے جمع پونجی سے مندر کے بازو میں پھولوں کی دکان کھولی۔ شروع شروع میں اس بات کا خدشہ تھا کہ لوگ یہاں بیٹھنے نہیں دیں گے۔ لیکن پجاری نے اس کا ساتھ دیا۔ اس نے سمجھایا کہ سائیں مندر میں اونچ نیچ اور ذات پات کا کوئی بھید نہیں ہے کوئی بھی مندر آ سکتا ہے اور ماتھا ٹیک سکتا ہے۔ سائیں کہا کرتے تھے اللہ مالک سب کا مالک۔ ان کا قول تھا تم مجھے دیکھو میں تمہیں دیکھوں گا۔

جبّار کی دکان چل پڑی۔ شادی بیاہ میں منڈپ سجانے کا کام ملنے لگا۔ کبھی دلہے کی گاڑی سجاتا کبھی شب عروسی کی پلنگ۔ کبھی پریمی جوڑے گلدستے خرید کر لے جاتے۔ ایک بار کسی راج نیتا نے اسے مہنگائی ورودھی ریلی میں بلایا اور کٹ آوٹ اور دروازہ سجانے کا کام دیا۔ لیکن اس کام میں اسے خسارہ اٹھانا پڑا۔ نیتا نے اسے دام کے بھی دام نہیں دیئے۔ یہ کہہ کر ٹرخا دیا کہ مہنگائی ورودھی ریلی میں تو اتنے مہنگے پھول بیچے گا......؟ وہ نامراد واپس لوٹ گیا۔

وہ مندر میں پجاری کو باقاعدہ پھولوں کی مالا فراہم کراتا تھا لیکن پیسے نہیں لیتا تھا۔ اچاریہ جی کے اعلان کے بعد سادھونی مندر نہیں آتی تھی۔ اس نے اپنے بنگلے پر ہنومان جی کا مندر بنایا تھا اور آرتی اتارتی تھی لیکن ادھر سے گزرتی ضرور تھی اور اکثر اس پر نگاہ غلط بھی ڈالتی۔ قصاب بھی اسے کنکھیوں سے دیکھتا تھا۔ نظر پہلے سرنگ پر پڑتی پھر نیچے پھسلتی...... پھر نیچے...... اس کا تھل تھل سینہ......

ایک دن سادھونی نے آدمی بھیج کر بنگلے پر بلوایا۔ وہ ڈر گیا۔ بنگلے پر کیوں بلوایا؟ کہیں دکان اٹھانے کے لیے تو نہیں کہے گی.؟ ایسا تو نہیں کہ وہ ان کی نگاہوں میں کھٹکنے لگا ہے؟ لیکن یہی وہ گھڑی تھی جب کلیاں چٹکیں اور باد صبا کے جھونکے چلے۔ قصاب بنگلے پر پہنچا تو سادھونی مسکرا رہی تھی۔ اس کے چہرے پر کرختگی کے آثار نہیں تھے۔ قصاب کو اطمنان ہو کہ ایسی کوئی بات نہیں ہے۔ سادھونی نے اسے گلاب کے پھولوں سے ہنومان جی کا مندر سجانے کے لیے کہا۔ اس وقت اس کے پاس صرف گیندے کے پھول تھے۔ اس نے دو پہر تک کا وقت مانگا اور سہ پہر میں گلاب کی ٹوکری لیے پہنچ گیا۔ بہت جتن سے مندر کی دیواروں پر پھول سجائے اور دروازے پر بھی گلاب کی مالا ڈالی۔ سادھونی کمر پر دونوں ہاتھ رکھے کھڑی اس کا کام دیکھتی رہی۔ سادھونی کی موجودگی میں وہ سہج محسوس نہیں کر رہا تھا۔ وہ اس کے بہت قریب کھڑی تھی اور مسلسل مسکرا رہی تھی۔ پھر بھی انہماک سے اپنے کام میں لگا رہا۔ ایک بار پھولوں میں دھاگہ پروتے ہوئے ہاتھ کھینچا تو سادھونی کے کولہے سے مس ہو گیا۔ ہاتھ بہت غلط انداز سے ٹکرایا تھا۔ اس نے کولہے کا

لمس بہت صاف محسوس کیا تھا۔ وہ مسکرائی۔

''کیا رے......؟ کھر بجّے پر چھرا......؟''

وہ سمجھ نہیں سکا کہ سادھونی کیا کہہ رہی ہے۔ دھاگہ دوسری بار کھینچا تو ہاتھ پھر ٹکرایا۔ سادھونی ہنس پڑی۔

''اوئی ماں......فساد کرائے گا کیا؟'' اور اس نے قصاب کے کولہے پر دھپ لگایا۔

قصاب گھبرا گیا۔ اس کی نیت قطعی نہیں تھی کہ ایسا کرے۔ سادھونی مسلسل ہنس رہی تھی۔ اس نے ایک اور دھپ لگایا۔

''رے کصیّا......اپنا چھرا سمبھال کر رکھ!'' قصاب نے ایک بار اس کی طرف دیکھا لیکن کچھ بولا نہیں۔

سادھونی نے اس کے گال سہلائے۔ ''بڑا بھولا ہے ری تو۔''

اس بار وہ مسکرائے بغیر نہیں رہا۔ سادھونی نے بہت سے پیسے دیئے۔ ایک بار پھر گال سہلائے اور سرگوشیوں میں بولی۔

'' اتوار کو دوپہر میں آنا۔''

''اور سن......مانس مت کھایا کر۔ لہسن پیاز بھی نہیں۔''

جبّار حیران تھا۔ سادھونی کی سرگوشی نے اس میں عجیب سی گدگدی پیدا کر دی تھی۔ گھر آیا تو ہونٹوں پر مسکراہٹ تھی۔ بار بار سادھونی کی ادائیں یاد آ رہی تھیں....وہ اس کی سرگوشی، وہ اس کے گال سہلانا......وہ ابھی تک اپنے گالوں پر اس کی انگلیوں کا لمس محسوس کر رہا تھا۔ کھر بجّے پر چھرا......کھر بجّے پر یا تر بجّے پر......؟ ہا......ہا......ہا......ہا...... وہ اس طرح خوش تھا جیسے لاکھوں کی لاٹری ہاتھ لگ گئی ہو۔

اگلے اتوار کو اس نے غسل کیا۔ ناریل کے تیل سے بالوں کو سونٹا۔ ایک سیاہ رنگ کی جینس تھی جسے وہ وقتاً فوقتاً استعمال کرتا تھا۔ اس نے یہی جینس پہنی۔ ایک سفید ٹی شرٹ اسے بہت پسند تھی۔ لیکن آستین پر داغ تھا۔ پھر بھی یہی شرٹ زیب تن کر بنگلے پر پہنچ گیا۔ دورازے کے قریب ایک بار پھر جیب سے کنگھی نکال کر بالوں کو سونٹا اور اندر داخل ہوا۔

سادھونی جیسے اس کا انتظار کر رہی تھی۔ اس کے بال کھلے تھے۔ اس نے نائٹی پہن رکھی تھی۔ اوپر کے دو بٹن کھلے تھے۔ قصاب کو دیکھ کر مسکرائی اور گالوں میں چٹکی لی۔

''ارے واہ! پورا جینٹل مین ہو گیا ہے۔''

سادھونی زیادہ صبر نہیں کر سکی۔ ہاتھ پکڑ کر کمرے میں لے گئی اور لیے دیئے پلنگ پر

گری۔قصاب نے اسے بانہوں میں بھرا اور منہ چومنا چاہا لیکن سادھونی نے اس کا منہ پرے کر دیا۔

''مانس مانس مہکتا ہے۔'' وہ ناک پر رومال رکھتی ہوئی بولی۔ نتھنے اور واضح ہو گئے۔قصاب نے بے اختیار اپنی انگلی نتھنے میں ڈالی۔سادھونی کو چھینک آ گئی۔

''کیا کرتا ہے ری تو......؟'' اس نے گالوں پر ہلکی سی چپت لگائی۔قصاب ہنسنے لگا۔

''نتھنیا پہ گولی مارے!''

''سیّاں ہمار!'' سادھونی نے مسکرا کر فقرہ پورا کیا۔

قصاب نے پھر سادھونی کو دبوچا اور ہونٹوں پر جھکا تو اس نے پھر اس کا منہ پرے کر دیا اور چھاتیوں کی طرف اشارہ کیا۔''ادھر!''

یہ وصال کی پہلی گھڑی تھی۔معشوقہ عالم بالا میں پہنچی لیکن بہت اول فول سے کام نہیں لیا۔صرف ہائے ہو کر کے رہ گئی۔ نیچے اتری تو چونچلے کیے۔معشوق کے گال سہلائے۔گرم دودھ پلایا اور بولی۔

''مانس کھانا چھوڑ دے۔لہسن پیاز بھی۔''

''کاجو کھایا کر۔''

''بہت مہنگا ہے۔''

''میں ہوں نہ......!'' اور اس نے قصاب کو پھر لپٹا لیا۔

معشوق جانے لگا تو پیسے دیئے اور سرگوشی کی۔

''بدھ وار کو آنا۔''

بدھ وار! قصاب نے گدگدی سی محسوس کی۔سرگوشیوں کا انداز ایسا تھا کہ اس کو سہرن سی ہوتی تھی۔

وہ بدھ وار کو وقت سے پہلے پہنچ گیا۔اس بار گلدستہ لے گیا۔سادھونی خوش ہوئی۔اسے مالی کہہ کر پکارا۔

''ہائے ری میرا مالی......! اچھا ہوا جو تو نے پھولوں کا کاروبار شروع کیا ورنہ وہ بھی کوئی دھندہ تھا......نردوش پشو کی ہتّیا......؟

اس دن عالم بالا میں وہ ایسی بات کہہ گئی کہ قصاب کو کوفت کا احساس ہوا۔

''ارے حرامی......ارے کصیّا......ہائے......ہائے......بڑا تیز تیرا چھر...... ہو...... ہو......ہو......ارے کٹوا......گاڑی کے نیچے پلّہ آ جائے تو افسوس ہوتا ہے......ارے کمینہ...... تجھے کپڑوں سے پہچانیں گے......ہائے......ہائے......ہائے......!''

اس کو یاد آ گیا یہ مکھیا جی کا قول تھا۔مکھیا جی اسے پسند تھے۔ ودیش بھرمن کرتے اور مور کو دانہ دیتے۔آج کل داڑھی بڑھا لی تھی اور سنت لگتے تھے۔کہتے بھی تھے۔''میرا کیا ہے؟ فقیر ہوں جھولا اٹھاؤں

گا اور چل دوں گا۔''

اس کو دکھ ہوا۔ کٹنو ا کہتی ہے۔ لیکن خاموش رہا۔ پیسے لیے اور دودھ پی کر گھر آ گیا۔

ملاقاتیں ہوتی رہیں۔ وہ بکواس کرتی رہی اور وہ دودھ پیتا رہا۔ پیسے ملتے رہے۔ پھر بھی اس کو احساس ہوتا کہ وہ مکھی کی طرح مکڑی کے جال میں پھنسا ہوا ہے۔ اس جال سے نکلنا مشکل ہے۔ وہ ایک طرح سے اس کی چاکری کر رہا ہے۔ لیکن پھر خود کو سمجھاتا کہ اس میں حرج ہی کیا ہے۔ اب تک تو اس کا نقصان نہیں ہوا۔ الٹے پیسے ملتے ہیں۔ وہ اس کا نقصان کرے گی بھی نہیں۔ وہ اس سے پیار کرتی ہے۔ کس طرح چونچلے کرتی ہے......؟ بس اس کی بکواس کو سہہ لینا ہے۔

لیکن ایک دن بات برداشت سے باہر ہوگئی۔ اس کی خالہ کو گالی پڑی۔

ارے منھ جھونسوا......ارے سوئر...... ارے حرامی...... تیری موسی کتے کے ساتھ پکڑی گئی۔ ہو......ہو......ہو......!

قصاب کی طبیعت مکدر ہو گئی۔ عجب اتفاق تھا کہ خالہ کتا رکھتی تھی۔ قصاب کو بہت غصہ آیا۔ محبوبہ ہوش میں آئی تو احتجاج کر بیٹھا۔

'' تو اول فول کیوں بکتی ہے؟''

'' کچھ نہیں بکتی میں !''

''میری موسی کو گالی کیوں دی؟''

''ہو......ہو......ہو......بھلا گالی کیوں دینے لگی ؟''

''یاد کر کیا بک رہی تھی؟''

''بھگوان کسم کچھ یاد نہیں ہے۔

''تو جھوٹ بول رہی ہے۔''

''ہائے میرا مالی......میرا دُلارا......لے، کاجو کھا......!'' سادھونی نے کاجو کی پلیٹ سامنے رکھ دی۔

قصاب خون کے گھونٹ پی کر رہ گیا۔ انتہائی نفرت سے اس نے سوچا کہ اب وہ بھی اول فول بکے گا۔ مثلاً یہ کہ تیری ماں سوئر کے پاس گئی تو تو جنمی۔

سادھونی نے اسے سمبار کے دن بلایا اور سمبار کے روز وہ سکتے میں آ گیا۔

اس دن اس نے نیا لباس زیب تن کیا تھا اور عطر لگایا کہ سادھونی خوشبو کو محسوس کرے اور اس کا منہ پرے نہیں کرے۔ وہ ایک بڑا سا گلدستہ لے کر پہنچا تھا۔ سادھونی مسکرائی۔

''کیا بات ہے ؟ بڑا خوشبو مہک رہا ہے۔'' جواب میں قصاب مسکرایا۔

''نماز پڑھ کر آ رہا ہے؟'' قصاب ہنسنے لگا۔

اس بار سادھونی نے اس کا منہ پرے نہیں کیا۔ قصاب نے محبوبہ کے ہونٹوں کا طویل بوسہ لیا۔ محبوبہ عالم بالا میں پہنچی تو قصاب کو کاٹھ مار گیا۔

''ہائے ری کصیا...... ارے اتنے کم لوگ کیسے مرے......؟ کہاں پر سائکل کھڑی کی...... بیچ بازار میں کھڑا کرتا...... ہائے...... ہائے...... ہو ہو ہو...... کصیا...... پاپی...... سوئر کا جنا...... کتے کی اولا......!''

محبوبہ عالم بالا سے اُتری تو حسب معمول قصاب کا دلار کرنے لگی لیکن وہ جیسے سکتے میں تھا۔ اس کو مالیگاؤں کی مسجد یاد آ گئی جہاں بم دھماکے سے کئی نمازی شہید ہوئے تھے۔ اس کو پہلی بار سادھونی کا چہرہ ڈراونا محسوس ہوا۔ اس کو لگا سادھونی ایک دیونی ہے جو اس کو تھوڑا تھوڑا چکھتی ہے اور ایک دن نگل جائے گی۔ سادھونی نے دودھ لا کر دیا تو اس نے خاموشی سے پی لیا۔ وہ کوئی ردِّ عمل ظاہر نہیں کرنا چاہتا تھا۔ وہ ایک دم بت بنا رہا۔ سادھونی نے اگلے اتوار کو بلایا۔

جبّار قصاب گھر آیا تو آنکھیں پرنم تھیں۔ دل درد کی اتھاہ گہرائیوں میں ڈوب رہا تھا۔ اس کو لگا اس عورت سے وابستہ ہو کر گناہ عظیم کا مرتکب ہوا ہے۔ اس نے شہدا کی روح میں زخم لگایا ہے۔ کس طرح کہتی تھی...... اتنے کم لوگ کیسے مرے......؟ کہاں پر سائکل کھڑی کی......؟ اس کے جی میں آیا چیخ چیخ کر روئے اور اپنے گناہوں کی معافی مانگے۔

اگلے اتوار کو قصاب بنگلے پر نہیں گیا۔ لیکن وہ فکر مند تھا کہ پیچھا آسانی سے نہیں چھوٹے گا۔ وہ ضرور کسی کو بھیجے گی۔ اور اس نے مہیش سنگھ کو بلانے کے لیے بھیجا۔ اس نے بیماری کا بہانہ بنایا۔ قصاب کو مہیش سنگھ سے خوف محسوس ہوا۔ وہ اس کے گھر میں گھس سکتا تھا۔ وہ کچھ بھی کر سکتا تھا۔ وہ مہیش سنگھ کا کیا بگاڑ لیتا؟ بہتری اسی میں ہے کہ شہر چھوڑ دیا جائے۔

قصاب نے چپکے سے دکان سمیٹی اور پٹنہ چلا آیا۔ یہاں اس نے ماموں کا کاروبار سنبھالا اور کانی لڑکی سے شادی کر لی۔

◄◄ ● ►►

● اسرار گاندھی

ہڈیاں

اس کی زندگی ہڈیوں کے درمیان اُلجھ کر رہ گئی تھی۔

ہڈیاں جو اہم بھی ہیں اور غیر اہم بھی۔

جب سے اُس کی زندگی اور زندگی کی تمام خوشیاں ہڈیوں کے درمیان اُلجھ کر رہ گئی تھیں، اسے سوتے جاگتے ہر وقت اپنے گرد ہڈیوں کا رقص نظر آنے لگا تھا۔

اس کا جسم کبھی سکڑنے لگتا، کبھی پھیلنے لگتا، کبھی بے جان سا ہو جاتا۔ مگر ہڈیوں کا رقص اسی طرح ہوتا رہتا۔ کبھی آہستہ، کبھی تیز۔

اس کی زندگی ہڈیوں کے درمیان لٹک کر رہ گئی تھی۔

اچانک ایک جیٹ تیزی سے اس کے سر پر سے گذرا اور دور خلاؤں میں کہیں گم ہو گیا۔ اس نے نظریں دور آسمان کی طرف اُٹھائیں تو خلا میں صرف غلیظ دھوئیں کی ایک لکیر رہ گئی تھی جو اَب آہستہ آہستہ فضا میں تحلیل ہو رہی تھی۔ مگر اس کے کانوں میں اب بھی جیٹ کی آواز گونج رہی تھی۔ اس کے کان بڑے حسّاس تھے اور نظریں بڑی تیز۔ دادی ماں جیسی نہیں، جن کو نہ تو جیٹ دکھائی پڑتا تھا اور نہ جیٹ کی آواز سنائی پڑتی تھی۔

وہ ہمیشہ سوچتی کہ اس کی دادی ماں کتنی عجیب ہیں۔ بالکل میوزیم میں رکھنے کے لائق اور اسے ہمیشہ اپنے اس خیال پر ہنسی بھی آ جاتی۔ اس نے دوبارہ آسمان کی جانب دیکھا تو دھوئیں کی لکیر بھی فضا میں یوں گھل مل گئی تھی جیسے جسم مٹّی میں گھل مل جاتا ہے اور کسی کو خبر تک نہیں ہوتی۔

وہ جب آنگن سے کمرے کی جانب مُڑی تو اس کی آنکھیں کمرے سے آتی ہوئی دادی ماں کی آنکھوں سے ٹکرا گئیں اور اسے عجیب سی بے چینی محسوس ہوئی۔ اس کی آنکھیں جب بھی دادی ماں کی آنکھوں سے ٹکرا جاتیں اُسے ہمیشہ یوں ہی بے چینی محسوس ہوتی تھی۔ اسے لگتا کہ جیسے دادی ماں کی آنکھیں پھیل کر بڑی سی اسکرین بن گئی ہوں اور اُس پر ہڈیوں کا رقص ہو رہا ہو۔

اسے اس وقت بھی یوں ہی لگا۔

وہ تیزی سے کمرے میں چلی آئی اور بدحواس ہوکر بستر پر گر پڑی۔ اسے دادی ماں سے چڑ سی ہو گئی تھی کہ ہڈیوں کا یہ رقص پہلی بار دادی ماں کی پُتلیوں سے ہی شروع ہوا تھا۔

دادی ماں...... جو جیٹ کی آواز نہیں سن سکتیں۔

دادی ماں...... جو میوزیم میں رکھنے کے قابل ہیں۔

''اگر دادی ماں مر جائیں تو ہڈیوں کا یہ رقص بند ہوسکتا ہے۔'' اس نے جل کر سوچا مگر دادی ماں مرنے کے بجائے جب خاموشی سے ہاتھ میں کوئی چیز لیے کمرے میں داخل ہوئیں تو اس کے تن بدن میں آگ لگ گئی اور دل چاہا کہ وہ ان کے جھرّیوں سے بھرپور چہرے کو اپنے نکیلے ناخنوں سے نوچ ڈالے۔

ایسا نہیں تھا کہ اسے بچپن سے ہی دادی ماں سے نفرت رہی ہو۔ اسے تو اس وقت بھی نفرت نہیں ہوئی تھی کہ جب آہستہ آہستہ اسے اپنے جسم میں ایک انجانی سی اُتھل پُتھل محسوس ہونی شروع ہوئی تھی...... ایک نامانوس سی اینٹھن...... تناؤ...... میٹھا میٹھا درد...... اور نہ جانے کیا کیا۔

نفرت تو اسے اس وقت بھی نہیں ہوئی تھی جب اچانک ایک دن اس پر ایک اُفتاد ٹوٹ پڑی تھی اور اس کی ماں نے اسے دیر تک سمجھاتے ہوئے کہا تھا کہ اب تمھاری زندگی کا دوسرا دور شروع ہو چکا ہے اور تمھیں بہت سمجھداری سے رہنا ہوگا۔

نفرت تو اسے اس وقت سے ہوئی جب اچانک ایک دن دادی ماں کے گلے میں ایک سیدھی سی ہڈی اٹک گئی تھی۔

ہڈی...... جو صرف ہڈی ہوتی ہے اور کچھ نہیں۔

ہڈی...... جو بوڑھوں کے گلے میں اکثر اٹک جاتی ہے۔

ہڈی...... جو دادی ماں کے گلے میں بھی اٹک گئی تھی اور پھر رقص شروع ہو گیا تھا۔

اور اس طرح ذات پات کی کئی ہڈیاں یکے بعد دیگرے دادی اماں کے گلے میں اٹکتی چلی گئیں اور اس کی شادی ٹلتی چلی گئی۔ ہڈیاں جو صرف ہڈیاں ہوتی ہیں۔

جون کا سورج اپنی تمام تر خباثتوں سمیت پچھّم میں دفن ہو رہا تھا۔ وہ کھڑکی پر کھڑی ہمیشہ کی طرح آج بھی آسودہ نظروں سے سورج کے زوال کو دیکھ رہی تھی۔

کھڑکی کے نیچے سے گذرتی ہوئی سڑک آہستہ آہستہ بارونق ہوتی جا رہی تھی۔ کاروں کا شور بڑھنے لگا تھا۔ اچانک اس کی نُظریں اِس آدمی پر ٹِک گئیں جو سر سے پیر تک ننگا، کالا بھجنگ اور ہٹا کٹا تھا۔ اس کے پورے جسم پر بالوں کے گُچھے ہی گُچھے تھے۔

سر پر بالوں کے گُچھے...... چہرے پر بالوں کے گُچھے...... سینے پر بالوں کے گُچھے...... سینے سے نیچے...... نیچے...... اور نیچے...... اور......

اس کے جسم پر بالوں کے گُچھے ہی گُچھے تھے۔ منھ سے رال ٹپک رہی تھی اور چہرے پر مکھیاں بھن بھنا رہی تھیں۔ یہ وہی پاگل تھا جو دن بھر اِدھر سے اُدھر گھومتا پھرتا۔

اسے اس آدمی کو دیکھ کر بڑی کراہیت محسوس ہوئی لیکن جیسے جیسے اس کی نگاہیں سینے سے نیچے کی طرف اُتر رہی تھیں اسے اپنے اندر ایک بے چینی سی محسوس ہو رہی تھی جیسے سر سے پیر تک اور پیر سے سر تک چونٹیاں ہی چونٹیاں رینگ رہی ہوں اور جسم کے اندر کوئی گرم گرم سا سیّال دوڑ رہا ہو۔ سارا وجود دھیرے دھیرے بے قابو ہوتا جا رہا تھا۔ کچھ دیر بعد اسے لگا کہ اس کا پورا جسم کسی رقیق شے میں تبدیل ہوتا جا رہا ہو اور وہ قطرہ قطرہ ٹپک رہا ہو۔ چمکتے ہوئے چکنے چکنے قطرے۔ جس پر کوئی پاؤں رکھ دے تو پھسل کر کسی نشیب میں جا پڑے۔

وہ آدمی بھیڑ میں کہیں دور گم ہو گیا۔

اس کے اندر کا ہیجان اب دھیرے دھیرے ٹھنڈا ہو رہا تھا۔ ویسے اس کے جسم کے ریشوں ریشوں میں اب بھی ہلکی ہلکی سی تھرتھراہٹ باقی تھی۔ جیسے وِینا کے تار چھو لینے کے بعد دیر تک لرزتے رہتے ہیں۔

وہ اس کیفیت سے چھٹکارا پانے کے لیے کمرے میں رکھی ہوئی چیزوں کا جائزہ لینے لگی۔ سامنے میز پر ٹیبل لیمپ رکھا ہوا تھا جس کا شیڈ سرخ رنگ کا تھا۔

رات جب بلب روشن ہوتا تو ہر طرف سرخی سی پھیل جاتی اور یہی سُرخی تو اس کے بدن میں بھی دوڑ رہی تھی...... تیز...... جلتی ہوئی...... آگ کی طرح مگر اس میں روشنی کہاں تھی۔ روشنی تو ٹیبل لیمپ کے جلتے ہی بکھر جاتی۔

شیلف پر کتابیں رکھی تھیں مگر ان کتابوں میں اس کے لیے کیا رکھا تھا۔ یہ کتابیں اس کے اندر کی بھبکتی ہوئی جوالا کو نہیں بجھا سکتی تھیں اور کونے میں رکھا ہوا شمع دان جس میں ادھ جلی سی مومی شمع لگی ہوئی تھی۔

گول...... سڈول...... خوبصورت سی......

شمع...... جو تاریکی مٹاتی ہے۔

اور تاریکی...... جس سے ہیجان پیدا ہوتا ہے۔

پھر شمع دان سے اس کی نظریں ہٹیں تو میز پر جا رکیں، جس پر کالے رنگ کا خوبصورت میز پوش بچھا ہوا تھا اور یہی کالا رنگ تو اس پاگل کے بالوں کا بھی تھا جو سر سے پیر تک ننگا تھا۔ جس کے منھ سے رال بہہ رہی تھی اور جس کے جسم پر بالوں کے گچھے ہی گچھے تھے۔

سر پر بالوں کے گچھے...... چہرے پر بالوں کے گچھے...... سینے پر بالوں کے گچھے...... سینے سے نیچے...... نیچے...... اور نیچے...... اور......

اس کے جسم پر بالوں کے گچھے ہی گچھے تھے۔

اس کا جسم پھر بے قابو ہونے لگا۔

اس کی نظروں نے کمرے میں رکھی ہوئی چیزوں کا دوبارہ جائزہ لینا شروع کیا۔

ٹیبل لیمپ اور اس میں لگا ہوا سُرخ رنگ کا شیڈ، شلف میں لگی ہوئی کتابیں، میز پر بچھا ہوا کالا مگر خوبصورت میز پوش اور...... اور کونے میں رکھا ہوا شمع دان اور شمع دان میں ایک ادھ جلی، خوبصورت سڈول مومی شمع۔

اس کی نگاہیں شمع دان پر ٹک گئیں۔

رات کے ابھی دس ہی بجے تھے کہ اچانک بجلی چلی گئی اور پورے گھر میں اندھیرا ہو گیا۔ ماچس کے سہارے کوئی شمع دان لینے کمرے میں گیا اور پھر دادی ماں کی بڑبڑاہٹ سنائی دی۔

''پتہ نہیں شمع دان سے شمع کہاں چلی گئی۔ شام تک تو تھی۔ اب تو دوکانیں بھی بند ہو گئی ہوں گی۔''

وہ چپ چاپ خموشی سے اپنے پلنگ پر لیٹی تیز تیز سانسیں لے رہی تھی اور پورا جسم پسینے سے تر بتر ہو رہا تھا۔ وہ آہستہ سے بڑبڑائی۔

''کمبخت بجلی کو بھی آج ہی جانا تھا۔''

◀◀ ● ▶▶

● **احمد رشید (علیگ)**

سفید لباس، سیاہ راتیں

موت کی کہانی بہت پرانی ہے لیکن ہمیشہ نئی بن کر آتی ہے اور نیا غم لاتی ہے۔ یہ سوچ کر اس نے اپنے دونوں ہاتھ دیوار سے مار دیئے اور پھوٹ پھوٹ کر رونا شروع کر دیا۔ گھر میں ایک کہرام سا مچا ہوا تھا۔

''نہیں......ن......ہی......نہیں......دلہن...... یہ جائز نہیں ہے۔''

''ہائے......ہائے......دھپ......دھپ......'' رونے کے ساتھ ساتھ وہ سینہ کوبی کر رہی تھی۔ 'ارے......وہ تو میرے شوہر ہیں۔ میرے شریک حیات ...... ساتھ چھوڑ گئے...... میں تمہارے...... ہاتھ جوڑتی ہوں......آں......آں ہائے......ایں...... مجھے ان کا آخری دیدار کرادو...... ارے مجھے چھوڑ کر کہاں جا رہے ہو......''

''میری بچی تمہارے رشتہ صرف زندگی تک تھا، سانسوں کی ڈور توٹتے ہی رشتہ ختم ہو گیا۔''

آئیں......آں......ایں...... ہائے...... ٹوٹی ہوئی چوڑیوں کی کرچیاں زمین پر بکھر گئی تھیں۔ مگر ان کی نوکیں اس کے جسم میں آج تک چبھ رہی ہیں۔ وہ سوچتی ہے جانے والا چلا گیا لیکن میری راتیں سونی کر گیا اور دن اداس!

چار سال گزرنے کے بعد بھی زندگی کی ہر رات جنگل کی طرح ویران اور سنسان ہو گئی ہے۔ کوئی امنگ ہے نہ کوئی ترنگ سوائے ان آنسوؤں کے جو اس کی آنکھوں سے بہہ کر رات کی خاموشی میں شامل ہو کر اس کی سیاہی کو اور بھی گہرا کر دیتے ہیں۔ چوڑیاں ٹوٹ چکی ہیں...... رشتے بھی ٹوٹ چکے ہیں......لیکن ٹیس، چبھن، کرب اور آنسوؤں سے جیسے رشتہ گہرا ہو گیا ہے......وہ سوچتی ہے کیا وہ لمحات بھی ٹوٹ گئے جو ہم نے ایک ساتھ گزارے......نہیں نہیں......ان گزرے ہوئے لمحات کی نشانی میرے پاس ہے......نہیں......نہیں یہ بھلا کیسے ہو سکتا ہے......تمہاری محبت کی لذت......وہ خوشبو......وہ پھول جو میرے دامن میں کھل رہا ہے......تمہارا شبیّہ ......اس کی آنکھیں بھی تمہاری طرح بہت گہری

ہیں...... سمندر کی طرح گہری اور پُر سکوت ہیں...... اور اس سمندر کی تہہ میں پوشیدہ طوفان کا اظہار تم اکثر اپنے آنسوؤں سے کیا کرتے تھے ''ناصرہ میں زندہ رہنا چاہتا ہوں...... تمہارے لیے شبّو کے لیے'' ...... لیکن ایسا ہوا نہیں اور ایسا تب ہی ہوتا ...... اگر میں خدا ہوتی...... ن ...... ہی ...... نہیں ...... اگر خدا چاہتا...... پھر...... نہ شبّو کا باپ مرتا...... نہ میرا شریک شب و روز مرتا۔

اس نے قریب سوئے ہوئے شبّو کو باہوں میں بھر لیا...... اور اپنی چھاتی سے مسلنا شروع کر دیا...... اپنی گرفت کو مضبوط کرتے ہوئے...... اس کے چہرے کو جگہ جگہ سے چومتے وقت...... ''میرے سلیم...... مے...... رے...... سلیم...... میرے...... پیارے......''

''امی...... امی...... مِ...... مِ......!''

نہیں...... نہیں...... چچ...... چچ...... میرے بیٹے...... میرے پیارے...... میرے دلارے۔'' ہذیانی کیفیت سے نکل کر آہستہ آہستہ تھپکی دی۔

شبّو سو گیا تھا۔ رات کی سیاہی گہری ہو گئی تھی...... رات کی طوالت آنکھوں میں کھٹک رہی تھی...... بستر پر کانٹے اُگ آئے تھے...... وہ بے چین کروٹیں بدل رہی تھی۔ رات نے جب کروٹ لی، دھوپ آنگن سے ہوتی ہوئی کمرے میں داخل ہونے کی کوشش کر رہی تھی۔ اس نے آنکھیں کھولیں...... پپوٹے جل رہے تھے۔ آنکھوں میں سوئیاں سی چبھ رہی تھیں...... جیسے ہی اس نے اپنی بوجھل پلکوں سے سوئیاں نکالنے کی سعی کی...... سامنے اس کی ساس جھاڑو دے رہی تھی اور کمرے کی دھوپ دھول میں اٹ رہی تھی۔

''لایئے امی مجھے جھاڑو......''

''نہیں...... نہیں سوتی رہو...... ابھی صبح کہاں ہوئی ہے؟''

''رات بھر نیند نہیں آئی......'' سوچنے لگی میری زندگی ایسی رات میں ڈوب گئی ہے جس کی کوئی صبح نہ ہوگی۔

''جب ہی دیر تک سوتی رہیں؟'' ساس نے طنز کیا

اس کی آنکھوں میں آنسو امڈ آئے۔ اس نے ان کو آنچل سے پونچھا۔

''نہیں...... نہیں...... بہو...... میری بیٹی...... بوڑھی ہو گئی ہوں نا...... سٹھیا گئی ہوں'' اس کو گلے لگا کر خود بھی زار و قطار رونے لگی

''نہیں...... نہیں امی...... تمہارے علاوہ میرا کون ہے۔ ڈانٹ ڈپٹ کرنے والا۔''

بڑھیا پھوٹ پھوٹ کر رونے لگی ..... اور دونوں ایک دوسرے کو رونے اور بہلانے کی ناکام کوشش کرنے لگیں۔

افق کی سرخی، جب سیاہی میں غرق ہوئی تو رات آہستہ آہستہ کالی ناگن کی طرح اس کے جسم میں رینگنے لگی۔ اس نے آنکھیں موندلیں۔ نیلے رنگ کے تیلولے اس کی نظروں کے سامنے تیرنے لگے۔ صاف وشفاف آسمان کے نیچے چاند کی جانب ہوائی کشتی پر سوار ہلکے پھلکے غبارے کی طرح بے سمت اڑی جارہی تھی کہ اچانک چپّو آسمانی سمندر میں گر گیا۔ بغل میں سوئے شبو کو بائیں طرف کروٹ سے دودھ پلایا اور اسے تھپکنے لگی۔ آنکھیں کھل گئی تھیں آنکھوں میں نہ نیند تھی، نہ کوئی خواب۔ نگاہیں چھت پر ٹکی ہوئی تھیں۔ انگارے بھرے بستر پر دائیں جانب کروٹ لی۔ اس کا سانس پھول رہا تھا۔ پسینہ میں شرابور تھی۔ بستر سے اٹھی کمرے کا دروازہ کھولا۔ ہوا کا ہلکا سا جھونکا اس کے تمتماتے ہوئے چہرے سے ٹکرایا۔ اسے بے نام لذت کا سا احساس ہوا۔ ایک آشنا سی لذت اسے گدگدانے لگی۔

آسمان پر پورا چاند اگ رہا تھا۔ اس میں شاید.....س.....ل.............ی.....م.....سلیم بیٹھا ہوا تھا...... پورے چاند نے سمندر میں طوفان برپا کر دیا تھا۔ اچانک سفید آنچل سر سے کھسک کر اس کے شانے پہ اس طرح جھول گیا جس کا ایک پلو کمر پر تھا اور دوسرا سامنے لٹک رہا تھا..... ہوا کی خنکی اس کے دل کو چھو گئی..... وہ سوچنے لگی کیا چاند کو بھی کسی سے بچھڑنے کا غم ہے؟ جو بیوگی کا لباس پہنے ہے؟ ......نہیں.....نہیں.....میری طرح کوئی بھی بدنصیب نہ ہوگا۔

صبح ہوئی.....سورج کی کرنیں پھیل رہی تھی۔ برتن مانجھنے کے بعد ناشتہ بنانے میں مصروف ہوگئی۔ ظہیر کے کالج جانے کا وقت ہو چکا تھا۔ وہ جانتی تھی وقت پر ناشتہ نہیں ملا تو طوفان کھڑا ہو جائے گا۔ اس نے سوجی کا حلوہ پلیٹ میں رکھا اور چائے ظہیر کے سامنے رکھی۔

''بھابی، کیا چائے میں چینی نہیں ڈالی؟''

''حلوے کے اوپر چائے پھیکی لگ رہی ہوگی۔''

''اس کا مطلب ہے، میں جھوٹ بول رہا ہوں''؟ ظہیر کا لہجہ تُرش تھا۔

وہ سوچنے لگی اب کیا جواب دے؟ مزید دلیل دی تو یقیناً حلوہ کی پلیٹ زمین پر ہوگی اور اس کا دماغ عرش معلیٰ پر۔ اس نے عافیت اسی میں جانی کہ خاموش ہو جائے اور روٹی پکانے میں مصروف ہوگئی۔ آنگن میں چارپائی پر پڑوس کی دو بوڑھی عورتیں بیٹھی تھیں۔

''بہن تمہاری بہو کے پاؤں اچھے نہیں ہیں.....'' ایک بوڑھی عورت نے کہا۔

''ہاں...... بیٹے کو کھا گئی......'' دوسرے بوڑھی عورت نے قطع کلامی کی۔

اس کے ذہن میں آگ سی بھر گئی۔ سوچنے لگی میرے پاؤں کا سلیم کی موت سے کیا تعلق؟ اس نے جلدی جلدی بھٹ...... بھٹ روٹی پکانا شروع کر دیا کہ کان پڑی آواز سنائی نہ دے...... مگر ایسا ممکن کہاں؟...... کیا دنیا گونگی ہو جائے گی؟...... یا خود بہری!...... وہ سوچتی ہے امی کا صرف بیٹا مرا ہے...... میری...... م...... ے...... ری...... تو دنیا ہی لٹ گئی...... میرا شوہر مر گیا...... میرے شبو کا باپ مر گیا...... یہ بات، میں دنیا کو کیسے سمجھاؤں......؟ سوائے اس کے کہ بس رو سکتی ہوں...... اور آنسوؤں کے دو موٹے موٹے قطرے...... اس کے رخساروں سے ڈھلکتے ہوئے گردن کے پسینہ میں شامل ہو گئے۔

رفتہ رفتہ خوں آلود آنسو دور مغرب میں پھیل گئے۔ اور وہ سرخی، سیاہ مائل ہو گئی۔ وہ سیاہی دھیرے دھیرے اس کے جسم میں داخل ہو گئی۔ چند لمحہ چوڑیوں کی کرچیاں جسم کی رگوں میں رقص کرنے لگیں ان کی میٹھی میٹھی چبھن ایسی محسوس ہو رہی تھی جیسے پیروں کے تلوؤں پر چیونٹیاں رینگ رہی ہوں۔ اس نے سرہانے سے تکیہ نکال کر اپنی بغل میں دبا لیا اچانک تکیہ کے جیسے مضبوط بازو نکل آئے...... اور وہ اس کی باہوں میں سمٹ گئی اسے گلے سے لگ کر سختی سے دبوچ لیا۔ اچانک وہی چیونٹیاں رینگتے رینگتے اس کو کاٹنے لگیں۔ اس کی آنکھیں کھل گئیں۔ وہ سبک سبک رونے لگی۔ اس کے آنسو رات کی سیاہی کو پھیکا کرنے لگے اور سیاہی اتر گئی۔ سورج طلوع ہو رہا تھا اس کی مہندی لگی داڑھی زمین کو چھو رہی تھی جب اس نے اس کی پیشانی کو چھوا تو اس کی آنکھیں بے خواب ہو گئیں۔ صبح کی مشغولیات سے فرصت پا کر اس نے غسل کیا...... بالوں کو تولیہ سے پھٹکارا۔ پانی کی بوندیں ادھر ادھر بکھرنے لگیں۔

''نہ جھٹکو زلف سے پانی یہ موتی ٹوٹ جائیں گے۔'' ظہیر گنگنایا۔

''اب تو سب کچھ ٹوٹ گیا۔'' یہ کہہ کر وہ بھی جبراً مسکرا گئی۔

سلیم کی موت کے بعد وہ خود بھی نہیں جانتی تھی کہ یہ کیسی مسکراہٹ ہے۔ گھر میں چہ میگوئیوں کی بھنک اس کے کانوں کو بھی مل گئی تھی...... گذشتہ کچھ دنوں سے ظہیر کے روّیہ میں بھی بدلاؤ آیا تھا...... وہ اپنے کمرے میں تنہا تھی...... ٹیبل پر فوٹو فریم رکھا تھا...... ''دیکھ رہے ہو شبو کے ابو...... یہ لوگ تمہاری ناصرہ...... تم سے چھین لینا چاہتے ہیں...... یہ بھی خدا ہو گئے، جس کو جب چاہا چھین لیا...... ہاں یہ تو اسی کا حق ہے کہ جو دیتا ہے وہی واپس لیتا ہے۔'' وہ سوچ رہی تھی ''کیا عورت لولی پوپ ہے؟'' نہیں ...... نہیں سلیم میں تمہاری ہوں...... میں تمہاری ہوں اور ہمیشہ تمہاری رہنا چاہتی ہوں۔''

پورا دن اسی طرح گزر گیا۔ کب رات ہوئی اسے پتہ ہی نہ چلا۔ سردی شباب پر تھی......

سرہانے رکھے تکیہ کو اپنے سینہ سے دبا لیا اور سسک سسک کر رونے لگی ...... تکیہ کا ایک سرا گیلا ہو گیا۔ رات کے نہ جانے کون سے حصہ میں سلیم فریم سے نکلا اور پالتی مار کر اس کے سر کو اپنے زانو پر رکھے آہستہ آہستہ بال کریدنے لگا۔ آنکھیں بند تھیں، گرم گرم دبیز رخساروں کو اپنی ہتھیلیوں میں بھر کر اس کے ہونٹوں کا بوسہ لیا۔ اس نے کروٹ لی اور اس کے سینہ سے لپٹ کر اس میں سمٹ گئی دائیں ہاتھ کی انگلیاں اس کے گداز جسم پر رقص کرنے لگیں۔ بے خودی کے عالم میں وہ اسے چومنے لگی۔ دانت تکیہ پر گاڑ دیئے اور نوچ نوچ کر اس کی روئی تتر بتر کر دی۔ جب ہیجانی سی کیفیت دور ہوئی ...... اس کی سانس پھول رہی تھیں ...... وہ پسینہ میں شرابور تھی۔ تکیہ تر بتر تھا۔ گیلے پن کے احساس سے اسے گِج گِجی آنے لگی۔ اس نے تکیہ زمین پر اچھال دیا اور سہمی سہمی نگاہوں سے ایسے دیکھنے لگی جیسے زہریلا ناگ ہو......
وہ رات بھی سہمے سہمے انداز میں آگے کھسک رہی تھی۔ رات اتر چکی تھی مگر اس کا خوف بدستور تھا۔ اس نے غسلِ طہارت کیا۔ فجر کی نماز ادا کی۔ اللہ سے توبہ کی جیسے کوئی گناہ کبیرہ سرزد ہو گیا ہو۔ سورج خون میں نہایا ہوا آسمان کے سمندر سے نکل رہا تھا۔ وہ سوچ رہی تھی خون کے سمندر سے آج اسے بھی گزرنا ہے۔ نکاح کے بعد اسے دلہن کے سرخ جوڑے میں ایک کمرے سے دوسرے کمرے میں بیٹھا دیا گیا۔ عورتیں اپنے اپنے گھر جا چکی ہیں۔ گھر کی چہل پہل ختم ہو گئی ہے۔ رات کی سیاہی پر چاندی کی پرت چڑھ گئی تھی۔ اس نے کمرے کی لائٹ کو بجھا دیا ...... چاندنی کی چند قاشیں کمرے میں داخل ہو رہی تھیں اور وہ بستر پر لیٹ گئی۔ سوچنے لگی چاہے زندگی کے راستے بدل جائیں لیکن انسان اپنے ماضی سے رشتہ نہیں توڑ پاتا۔ لیکن اب اگر میں سلیم کے بارے میں سوچوں بھی تو یہ پاپ ہے۔ کیونکہ وہ غیر مرد ہو گیا ...... لیکن یہ کیسے ہو سکتا ہے ......؟ ایجاب و قبول کے چند کلمات کی بنیاد پر ایک غیر مرد ''اپنا مرد'' ہو گیا ...... اور اپنا مرد نامحرم ...... کیا صرف بولوں کی بولی پر رشتہ بدل جاتے ہیں؟ بچوں کے باپ بدل جاتے ہیں ...... مائیں بدل جاتی ہیں۔ عورتوں کے مرد بدل جاتے ہیں ......'' کمرے میں آہٹ ہوئی وہ چونک گئی۔ گھبراہٹ اور حیا کے ملے جلے احساس کے ساتھ چارپائی پر اٹھ کر بیٹھ گئی۔

ظہیر اس کے قریب بیٹھ گیا، کمرے میں کوئی دوسرا پلنگ تھا بھی نہیں ...... وہ سمٹ کر پیچھے کھسک گئی جیسے بچھو نے ڈنک مار دیا ہو ...... تھوڑی دیر تک کمرے میں خاموشی رہی

''دیکھو بھابی ...... میں سوچ نہیں پا رہا کہ کیا اچھا ہے؟ اور کیا برا ہے؟ ...... بس اتنا جانتا ہوں ...... ن ...... ا ...... ص ...... ر ...... ہ ...... ناصرہ اچھا وہ بھی نہ تھا ...... چونکہ عورت کی تکمیل مرد کے بغیر نامکمل ہے۔'' ظہیر نے گفتگو کا سلسلہ پکڑا۔

وہ خاموش بیٹھی ہوئی تھی۔۔۔۔۔اس کی ہر بات کا جواب صرف آنسوؤں سے دے رہی تھی۔

''میں یہ بھی نہیں جانتا ن۔۔۔۔۔ا۔۔۔۔۔صرہ۔۔۔۔۔ یہ سب۔۔۔۔۔ یہ سب کچھ تمہاری مرضی۔۔۔۔۔ یا کچھ میری مرضی سے ہوا ہے۔۔۔۔۔اچھا ہوا ہے کہ برا ہوا ہے۔۔۔۔۔ میں نے۔۔۔۔۔اور۔۔۔۔۔تم نے سب کچھ قبول کیا ہے۔۔۔۔۔ زندگی آدمی اپنی مرضی سے گزارے یا دوسروں کی مرضی سے، اپنے لیے گزارے یا دوسروں کے لیے۔ بہرحال گزارنی ہوتی ہے۔''

''ہاں۔۔۔۔۔'' وہ سسکیوں سے رونے لگی۔

''روؤنہیں۔۔۔۔۔ بھابی۔۔۔۔۔دیکھو ناصرہ۔۔۔۔۔ذرا شبو کا خیال کرو۔۔۔۔۔روؤ نہیں۔۔۔۔۔'' ظہیر نے اس کی کمر پر ہاتھ رکھا اور آنسو پونچھتے ہوئے کہا۔

باہر ہلکی ہلکی ہوا چل رہی تھی۔۔۔۔۔اترتی سردی تھی۔۔۔۔۔منظر پر دھندلا پن چھایا ہوا تھا۔۔۔۔۔اِکّا دکّا ستارے جھلملانے کے لئے بے چین تھے۔۔۔۔۔ان کے درمیان خاموشی کے ساتھ ساتھ فاصلہ بھی قائم تھا۔ اچانک آسمان پر بجلی سی کوندگئی۔۔۔۔۔دو بادلوں کے ٹکڑے جو ایک دوسرے میں داخل ہو رہے تھے برقی لپیٹ میں آ گئے۔۔۔۔۔اور کمرے کے باہر بوندا باندی شروع ہوگئی۔

● تنویر احمد تمّاپوری

وائرس

سمارٹ فون پہلے ضرورت تھا۔ اب عادت بن چکا ہے۔ جب تک اس کا وجود نہیں تھا انسان کا حافظہ بہت مضبوط ہوا کرتا تھا۔ پچاس پچاس نمبر از بر ہوا کرتے تھے۔ اب تو بیوی کا نمبر بھی سیری سے پوچھنا پڑتا ہے۔ ماضی میں عاشق کے دماغ معشوق کی گلیوں کا گوگل ہوا کرتے تھے۔ حال کا یہ حال ہے کے خود اپنے گھر کا راستہ بھی جی پی ایس سے ہوکر گزرتا ہے۔ آج صبح میری آنکھ ایک بری خبر کے ساتھ کھلی۔ میرا فون ہینگ ہو چکا تھا۔ شاید نیچے گر کر یا پھر کسی وائرس کا شکار ہوکر۔ نہ ماننے کی ضد پکڑ چکا تھا۔ کافی ٹھونک بجا کر دیکھا۔ بیٹری کی چھان پھٹک کر لی۔ متعدد بار ری اسٹارٹ بھی کر لیا۔ مگر افاقہ نہ ہوا۔

اتوار کے دن دوپہر سے پہلے بستر چھوڑنے کا مطلب عموماً کوئی ناگہانی افتاد ہوتی ہے۔ فون کا خراب ہونا بھی ایک آفت ہی تھی۔ اور پورے گھر کے لیے تھی۔ بیگم کا موڈ خراب تھا۔ بچے الگ بسور رہے تھے۔ بہت دنوں بعد یہ پہلا اتوار تھا جس دن مجھے ناشتہ نہیں ملا۔ ماتم نے گھر کا راستہ ڈھونڈ لیا۔ یہ فون میری فیملی کے لئے جینے کا اساس تھا۔ لائف اسٹائل کا پورا پیٹرن۔ بیوی کا نیٹ فلکس، بیٹی کے لیے فلٹر کیمرہ اور بیٹے کے لئے آئی پی ایل اسٹیڈیم۔ سب کچھ اسی سے منسلک تھا۔ ایسا بھی نہیں تھا کے یہ گھر کا اکلوتا فون ہو مگر چونکہ آئی فون تھا۔ اس لیے اپنی گوناگوں خصوصیت کے دم پر گھر کی ساری ایلیکٹرانک ذمہ داریاں پینسٹھ ہزار کے اپنے بیش قیمت کندھوں پر اٹھائے رکھا تھا۔ یہ دراصل فون کی شکل میں علاء الدین کا چراغ تھا۔ گھر کی ساری خوشیاں اس کی گھسائی میں مضمر تھیں۔ ظاہر ہے اداسی کو پورے گھر پر ایک آسیب کی طرح پسرنے سے کون روک سکتا تھا۔

باہر سڑکیں اتوار ہونے کے سبب ویران تھیں۔ یا پھر میرے گھر کے اندر کا سناٹا باہر نکل آیا تھا۔ اتوار کی صبح رہائشی علاقے ویسے ہی طوفان سے پہلے والی خاموشی کی زد میں ہوتے ہیں۔ چہ جائیکہ میرا علاقہ تو مضافات میں شامل تھا۔ کرونا کرفیو جیسا ماحول یہاں کا حق تھا۔ موسم آج گرم بھی زیادہ تھا۔ حبس زدہ ماحول میں لوگ باہر نکلنے سے ویسے ہی کتراتے ہیں۔ میں نے علاقے کی ایک بڑی موبائل شاپ میں اپنا مقدمہ پیش کیا۔ پیشی کے لئے اگلی تاریخ کے بجائے اگلی دکان ملی۔ جس کے لئے مجھے شہر کے ایک تجارتی مرکز کی

طرف کوچ کرنا پڑا۔تعطیل کی صبح بڑی کسلمند اور بھاری ہوتی ہے۔ممبئی شہر کی بھاگتی دوڑتی زندگی بھی اس سے مبرا نہیں تھی۔نقل وحمل کے ذرائع بھی معمول سے ہٹ کر یہاں سست ہو جاتے ہیں۔عام طور پر صبح کے اوقات میں تین منٹ کے دورانیے سے چلنے والی لوکل بھی اتوار کے دن بیس،پچیس منٹ کا وقفہ لیتی ہے پہلے رکشہ پھر ٹرین،ڈیڑھ گھنٹے بعد میں کرلا میں تھا۔

یہ علاقہ شہر کے ان حصوں میں سے ایک ہے جہاں دن اور رات کے بیچ کا فرق نہ ہونے کے برابر ہوتا ہے۔آٹھوں پہر اور ساتوں دن یہاں ایک میلا سا لگا رہتا ہے۔جم غفیر معمول کے مطابق بھاگتا رہتا ہے۔کرلا ویسٹ میں پولیس چوکی کی عقبی گلی،علاقے کا ایک مشہور بازار تھا۔یہاں بہت ساری موبائل کی دکانیں بھی تھیں۔ایک کو میں نے چن لیا۔میرا چونکہ آئی فون تھا اس لیے اس کی مرمت زرا مشکل امر تھی۔پہلی دکان میں منشا پوری تو نہیں ہوئی تاہم ایک دوسری جگہ کا پتا ضرور ملا۔

اگلی گلی میں موجود وہ دکان خلاف معمول خالی تھی۔ مجھے لگا دکان کا مالک میرا ہی منتظر تھا۔مدعا سننے کے بعد اس شاطر شکل شخص نے اثباتی ہنکارہ بھرا۔اس کی بڑی بڑی مٹیالی آنکھوں میں تجربے کا کائیاں طوطی بول رہا تھا۔چہرے کے کرخت پیٹرن باطن کے سارے بہی کھاتوں کا اظہاریہ تھے۔رنگ پکا تھا۔کھوپڑی کا آدھا حصہ صاف تھا۔پچھلے حصے سے چپکے ہوئے بال ایک جھالر کی شکل میں لٹک رہے تھے۔اس نے ایک آنکھ پر گھڑی ساز کا عدسہ لگایا اور میرے فون پر پل پڑا۔کچھ منٹ میرے لیے کافی صبر آزما رہے۔پندرہ منٹ اور دو ہزار روپیوں کی قربانی،ایپل کے ایک سوا ٹھائیس گیگا اونٹوں پر لدا میرا گمشدہ خزانہ مجھے واپس دے گئی۔یا کم سے کم مجھے ایسا لگا جو بعد میں خیال خام ثابت ہوا۔کیونکہ اگلے لمحے اسپیکر کے خراب ہونے کا عقدہ میرا منتظر تھا۔ یہ تو اچھا ہوا کہ میں ابھی تک وہیں تھا۔نہیں تو پھر نئے سرے سے دھکے کھانے کا سلسلہ الگ شروع ہو جاتا۔میری جیب پر اس شاطر انسان کا اگلا سرجیکل اسٹرائیک اسپیکر کی بحالی کے لیے تھا۔جس کا کولاٹرل نقصان مزید تین ہزار روپئے کی شکل میں جھیلنا پڑا۔اس بار فون کے گونگے پن کا علاج ایک نئی بیماری کو راہ دے گیا۔نیا وقوع پذیر مسئلہ بڑا عجیب تھا۔نمبر چاہے جو بھی ڈائل کیا جائے۔کنکشن صرف آخری ڈائل شدہ نمبر سے ہو پا رہا تھا۔

جب کرلا کی ساری دکانیں اس نئی ''گوگلی'' کے سامنے چیں بول گئیں تب مجھے میرے دوست مکند کی یاد آئی۔اس طرح کے عجیب وغریب مسائل سے چھٹکارے کا چورن اسی کے پاس ملتا تھا۔اور خوش قسمتی یہ بھی تھی کہ میرا فون اس وقت صرف اسی سے رابطے میں تھا۔کیونکہ آخری ڈائل شدہ نمبر کی شرفیت اسی کے کھاتے میں تھی۔مکند مہتا ایک کامیاب بینکر اور ہوشیار تاجر تھا۔مالیات میں مہارت گجراتیوں کا

اختصاص ہوتی ہے۔ لہذ ''منی میٹرز'' اس کے بھی تگڑے تھے۔ روکڑے'' سے جڑے تمام راز و نیاز کو سمجھنے اور سمجھانے میں ید طولیٰ رکھتا تھا۔ خاص کر الیکٹرانک گھپلے کی پہچان اور تدارک اس کا میدان تھے۔ میں نے اپنا معاملہ بھی اس کے سامنے رکھ دیا۔ وہ کافی دیر تک ہنستا رہا۔ آئی فون دس کا خوب مذاق اڑاتا رہا۔ اسے ایک معمولی'' چونے کی ڈبی'' سے تشبیہ دی۔ بہت ساری ٹانگ کھنچائی کے بعد ایک نئی لوکیشن اور ڈھیر سارے مشوروں پر میرا معاملہ نپٹایا۔ یہ تو اچھا تھا کہ میرے فون کا واٹس اپ اور نیویگیشن اب بھی موثر تھے۔ میں نے اگلے مطلوبہ پتے تک پہنچنے کے لے جی پی ایس پر اپنی سیٹ بیلٹ باندھ لی۔ اور سنٹرل ریلوے کی ٹکٹ کھڑکی کی طرف چل دیا۔

سورج سوا نیزے سے آگے نکل چکا تھا۔ دوپہر گذرے دیر ہو چکی تھی۔ سڑکوں پر بھیڑ بڑھ رہی تھی۔ طمازت گھٹ رہی تھی۔ تاہم پسینے کی بوندیں اب بھی ناگواری کے زون میں ہی تھے۔ کبوتر خانہ ممبئی کا اکلوتا ایسا علاقہ تھا جو اسم با مسمیٰ تھا۔ ورنہ اس شہر میں گھاٹ کے بغیر ایک گھاٹ کوپر بھی ہے۔ چکا چوند روشنی اور فلمی ستاروں کی کہکشاں ہونے کے باوجود ایک علاقہ یہاں اندھیری بھی کہلاتا ہے۔ مگر کبوتر خانے میں کبوتر بھی تھے اور ان کا خانہ بھی۔ اس وقت میں لوکل اسٹیشن سے باہر نکل کر اسی کی طرف جارہا تھا۔ چاروں طرف انسانوں کا سیلاب تھا۔ سب کے سب یہاں اپنی کھال میں مست اور مشغول تھے۔ شہر کے اس حصے میں اتوار کو تہوار کی طرح منایا جاتا ہے۔ پاس پڑوس کے سارے مکین خریداری کے لیے یہاں اسی دن کا انتخاب کرتے ہیں۔ کیونکہ کبوتر خانے میں سوموار کے دن تعطیل ہوتی ہے۔ لوگوں کے اس جنگل سے بچ بچا کر نکلنا اور اپنے مطلوبہ مقام تک پہنچنا دراصل ایک بڑا چیلینج ہی ہوتا ہے۔ اس کے بعد بھی مطلوبہ چیز نہ ملے تو کوفت بنتی تھی۔ مہاویر ٹریڈرس میں شاید کسی عزیز کی موت ہوگئی تھی۔ اس لئے دکان بند ملی۔

میرے پاس اگلی لوکیشن محمد علی روڈ کی تھی۔ وہاں تک پہنچتے پہنچتے جیب کی ساری نقدی اور شہر میں موجود نقل وحمل کے تمام ذرائع میرے استعمال میں آچکے تھے۔ سنٹرل اور ہاربر ریلوے پہلے ہی جھیلی جاچکی تھی۔ اب ویسٹرن کی باری تھی۔ گرانٹ روڈ پر اترا اور آگے کے لیے ٹیکسی کرلی۔ محمد علی روڈ کافی گہما گہمی والا علاقہ تھا۔ مکند کی بتائی ہوئی جگہ تک پہنچتے پہنچتے شام کے سائے بھی لمبے ہونے لگے تھے۔ ٹیکسی چھوڑ کر کچھ دور پیدل بھی چلنا پڑا۔ وہ ایک نہایت تپلی سی گلی تھی۔ جس کے مدخل پر ایک بہت بڑی اور علاقے کی مشہور ہوٹل تھا۔ ہمہ اقسام کے ذائقے میں لپٹی ہوئی بو اس حبس بھرے ماحول کو قدرے ناگوار بنا رہی تھی۔ تاہم یہ بھی حقیقت ہے کے گوہر مقصود ہمیشہ اسی طرح کے پر پیچ راستوں اور سنکری گلیوں میں ملتا ہے۔ آخر کار وہ بوسیدہ عمارت مل ہی گئی، جو میری ممکنہ منزل تھی۔ تین سیڑھیاں چڑھ کر میں دوبائی آٹھ

کے ایک مسطح چبوترے پر پہنچ گیا۔ سامنے المونیم کی فریم میں کانچ کا ایک نیا اور خوبصورت دروازہ نسب تھا۔ میں اندر داخل ہوا۔ بائیں طرف ایک کاونٹر تھا۔ عمارت باہر سے جتنی بوسیدہ تھی اندر سے اتنی ہی پر کشش اور نئی نویلی نکلی۔ میرے دماغ میں کسی دکان یا ورکشاپ کا تصور تھا۔ مگر وہ تو ایک آفس جیسی کوئی جگہ تھی۔ سامنے ایک دیودار سے بنی کنگ سائز میز لگی ہوئی تھی۔ جس پر ایک کمپیوٹر اور کچھ فائل رکھے ہوئے تھے۔ اس کے دائیں بائیں دو چرمی کرسیاں لگی ہوئی تھیں۔ چہار جانب کی چمک دمک، روشنیاں، دیوار پر لگی پینٹنگز اور دیودار کا فرنیچر اس کمپنی کے بیلنس شیٹ کی قصیدہ خوانی کر رہے تھے۔

چاند کو لوگوں نے اکثر پہاڑوں یا بادلوں کے اوٹ سے نکلتے دیکھا ہوگا۔ لیکن میں نے اسے میز کے عقب سے نکلتے دیکھا تھا۔ شاید وہ اب تک میز کے نیچے ایلکٹرک کے کسی پلگ سے نبرد آزما تھی۔ طرح دار سراپا، گول مٹول چہرہ، غزالی آنکھیں، گلابی ہونٹ اور اس پر کالا تل۔ سب کچھ منفرد تھا۔ شاید وہ نئی بھرتی تھی۔ جاب کے لیے بھی اور ممبئی کے لیے بھی۔ اس کے سراپے اور زبان میں کوئی یارہ نہ تھا۔ اس کے الفاظ پر ملیالی مانجھا چڑھا ہوا تھا۔ پھر بھی بھلے لگ رہے تھے۔ کیونکہ ان میں شہد کی مقدار معمول سے زیادہ تھی۔ زبان آئے، نہ آئے خوبصورت چہروں کو اپنی بات سمجھانے اور منانے میں زیادہ دقت نہیں ہوتی۔ روم نمبر تیرہ کے دروازے تک میں بھی گلابی ہونٹ اور اس کے کالے تل کے زیر سایہ ہی پہنچا۔

فرنیچر، پینٹ، چھت پر لگا جھومر اور سامنے بیٹھا سولنکی، کمرہ نمبر تیرہ کی ہر چیز سے امارت ایسے جھلک رہی تھی، جیسے سب کچھ نوٹ چھاپنے کی مشین سے برآمد ہوئے ہیں۔ بے داغ ارمانی سوٹ، مکھن جیسا تمتماتا چہرہ، سنہری کمانی کی عینک۔ چھوٹی چھوٹی ترشی ہوئی ہرشد مہتا چھاپ مونچھیں۔ سولنکی نے روایتی تاجرانہ مسکراہٹ سے میرا استقبال کیا۔ اس سے پہلے کے میں اپنا تعارف کرواتا اس نے پر تپاک انداز میں سامنے کرسی پر بیٹھنے کا اشارہ کیا، اور کہا۔

''معلوم ہے معلوم ہے......بیٹھو، آپ کو مکند بھائی نے بھیجا ہے، برو برناس......لاو اپنا فون دو۔''

وہ ایک کاروباری آدمی تھا۔ کاروباری آدمی زیادہ بولنا اور سننا گھاٹے کا سودا سمجھتے ہیں۔

میرا فون لے کر اس نے چیک کیا۔ اپنا نمبر ڈائل کیا۔ اپنی سیکریٹری کا نمبر ڈائل کیا۔ ہر بار گھنٹی مکند کے یہاں بجی۔ دس منٹ انتظار کا کہہ کر وہ اندرونی حصے میں کہیں غائب ہوگیا۔ جاتے جاتے چائے بھیجنا نہیں بھولا تھا۔ چائے کے ساتھ ریسپشن والی لڑکی بھی آ گئی۔ کچھ کاغذات سولنکی کی میز پر رکھ کر واپس جانے لگی۔ جاتے جاتے خوبصورت اور پیشہ ور مسکراہٹ میری چائے میں ملا گئی۔ چائے نے دماغ کو تر و تازہ کر دیا۔ جب تک چائے ختم ہوتی سولنکی بھی واپس آ گیا۔ میرا فون بن چکا تھا۔ آج علاؤالدین کے چراغ کو

اس کا اپنا جن مل گیا تھا۔فون بھی مل گیا اور محنتانہ بھی بچ گیا۔ واہ بھائی مکند تیرے تو جلوے ہیں ہر طرف۔

میرے پاس بہت سے سوال تھے۔ بہت سی فکریں تھیں۔ بے تحاشہ حیرت بھی تھی۔ باہر نکلتے ہی مکند کو فون کرنا بنتا تھا۔

''ہاہا۔ کچھ نہیں تمھارے فون پر ایک ضدی وائرس کا حملہ ہوا تھا۔ مبارک ہو۔سولنکی نے اسے نکال دیا ہے۔ اور پانچ سال کے لیے اینٹی وائرس ڈال بھی دیا ہے۔ٹینشن نئیں لینے کا؟ میں ہوں ناں۔'' دوسری طرف خالص بمبیا اسٹائل میں مکند کے قہقہے تھے۔

''وہ تو ٹھیک ہے۔مگر وہاں موبائل کی دکان یا ورکشاپ نہیں تھی۔'' مجھے بہت حیرت تھی۔

''برو بر ہے۔ وہ موبائل کی دکان نہیں تھی......مگر وائرس کا کارخانہ تو تھا۔''

''میں سمجھا نہیں۔'' میری حیرت مزید بڑھ گئی۔

''فکر نا کرو موٹا بھائی......تم آم کھاؤ، پیڑ بہت گنتے ہو۔'' اس نے پھر قہقہہ لگایا۔

''مطلب......؟''

''وہ ایک سافٹ ویر کمپنی اور ورکشاپ کے سلسلے کا کنٹری ہیڈ آفس ہے۔ وہاں ایلکٹرانک ووٹنگ مشینوں کی 'مرمت' ہوتی ہے۔ اس کا سافٹ ویر بنتا ہے۔''

◀◀ ● ▶▶

● زویا حسن

کھڑکی میں اُگا وجود

کھڑکی کے اندر اور باہر کی زندگی میں طلائی پل سا بن گیا تھا۔ وہ دنیا جو باہر کی فضا میں رواں دواں ہے اور کئی قدم اور کئی چہرے اس کے نقوش کو معنی دیتے ہیں کھڑکی کے اس پار ایک وجود میں وہ سب کے سب اپنی لہریں چھوڑ جاتے ہیں۔ اس وجود نے جس کی آنکھوں نے آگہی کے بارہ سال اس کھڑکی میں بیٹھ کر طے کیے ہیں، وہ وجود جو صبح مسا میں پہاڑی چشمے سا ابلتا ہے اور پھر کھڑکی سے باہر کی بپھرتی لہروں میں ضم ہو جاتا ہے کچھ چلتر عورتوں کی زبان کی تو لد لپیٹتے اکثر سائے لمبے ہوتے ہوتے اپنے مرکز پہ سمٹ جاتے ہیں کبھی عمر رفتہ کو اپنے جھکے کاندھوں پہ لادے کوئی سایہ جو اپنے عہد سے نا جانے کس پہر بچھڑ گیا تھا اس کی دہلیز پہ سوئی سیڑھیوں پہ آ بیٹھتا تو اس کی سانسوں کے نوحے اس کا سکون چھین لیتے۔ مرکز سے بچھڑے سایوں کے بھی الگ ہی عذاب ہوتے ہیں البتہ حالات حاضرہ پہ تبصرے وجود میں کچھ خاص وبال نہ لا پاتے شاید اس لیے بھی کہ حال جینے کے لیے ماضی مارنا پڑتا ہے سو وہ مار نہ سکی بارہ سال کے ماضی میں اتنا کچھ تو تھا کہ کٹا نا جا سکے۔۔ شوہر کی بے اعتنائیاں، نظر اندازی کے دکھ، چپ کی کوکھ میں رقصاں درد کے سات سر، شوخی سے چھنکتی چوڑیوں میں سرائیت ہوتے آگہی کے پرآشوب نغمے، کچھ بکھرا کاجل اور الجھتی زلفیں پاؤں میں رقصاں گیتوں میں پڑتی جمود کی بیڑیاں اور بدن میں جمتا جوانی کا ڈھیتا بھوبل……

مگر کھڑکی کے اس پار سے ایک ٹھنڈے ہوا کا جھونکا بھی تو آتا تھا جس کے انتظار میں وہ دن سے رات کرتی تھی کھڑکی کے اس پار ایک خوبصورت باغ تھا جس میں کالونی کے بچے، بوڑھے، عورتیں اور مرد حضرات ہر وقت چھوٹی چھوٹی ٹکڑیوں میں آتے جاتے تھے باغ اور فضیلت کے گھر کے درمیان ایک پختہ سڑک تھی اور باغ کی سرحد کے گرد درخت اس سڑک کو ٹھنڈا رکھتے تھے انہیں میں سے ایک درخت کے سائے تلے وہ روز صبح صادق ہی آ بیٹھتا تھا ٹانگوں پہ معذوری کے قفل تھے مگر زبان ہر چوکھٹ کھٹکھٹاتی تھی۔ نا جانے پہلے وہ کہاں تھا کن پانیوں میں سرگرداں تھا پھر اچانک ایک دن وہ وہاں بیٹھنے لگا تھا۔۔ کالج یونیورسٹی جاتے لڑکوں کو دن چڑھتے آتے جاتے دیکھنا ان دونوں کا محبوب مشغلہ تھا تو قیر اگر کبھی گھر ہوتا تو اس کے اٹھنے سے

پہلے سارے گھر کی جھاڑ پونچھ کرناشتہ بناوہ کھڑکی میں آبیٹھتی اور وہ اسے وہیں آنکھوں میں شوخی اور ہلکی ہلکی کمینگی لیے ملتاوہ ہراس بانک ہلکی بھیگتی مسوں والے لڑکے کوروک اس سے محلے کی دلاریوں کے قصے سنتا جو وہاں سے گزرتا تھا۔۔شہروز صاحب کی لڑکی پہ جوانی ٹوٹ کر برسی تھی کہ جب وہ چلتی تھی تو زمین کے توازن میں بیگاڑ پیدا ہوتا تھا راوف صاحب کی دلاری کی آنکھوں میں بے شرمی کی شرارتیں اٹھکیلیاں بھرتی تھیں تو مولوی جمیل کی دوشیزاوں کے سروقد اور خمار بدنوں سے اٹھتے شرارے کس کس بانکے کورات بھرمخمور رکھتے تھے سب پہ تبادلہ خیال کرتے جب وہ بے حال ہوتاہنستا تھاتو فضیلت کے ذہن میں غصے اورنفرت کے سانپ پھن اٹھائے کھڑے ہو جاتے اور وہ ان سانپوں سے کئی باراس کے مکروہ چہرے پہ ڈستی اور کبھی کبھار جب اس کے ہاتھ بھی کسی لڑکی کا نمبر لگ جاتا تو وہ گھنٹوں فون کان سے لگائے من چاہی دنیا میں راحتیں ڈھونڈنے نکل جاتا۔تب فضیلت ادھرادھر کا جائزہ لیتی اندر کے جہنم میں باہر کا جہنم بھرتی رہتی ہاں تب اس کیلیے وہ جہنم ہی تو تھا۔مگر پھر ذرا دھوپ ڈھلے ریٹائرڈ اور بے کار بوڑھے اپنے پوتے پوتیوں کو اٹھائے گلی میں نکلتے تو وہ ان کو بھی روک ان کے من چاہے ٹاپکس مذہب، سیاست اور ادب سب پہ سیر حاصل بحث کرتا تو فضیلت کا سارا غصہ پیار میں بدل جاتا بوڑھے داد دیتے مسکراتے گھر کی طرف مسرور سے لوٹتے۔کیساعلم دوست تھاوہ اور بوڑھوں کی وقت گزاری بھی خوب ہوتی تھی۔

توقیر سے پسند کی شادی کے بعدوہ اس کی زندگی میں سے کب نکل گئی اسے معلوم نہ تھا بس وہ فضیلت پہ شک کرتا تھااوراس کے گھر والوں نے فضیلت کوقبول ہی نہ کیا تھاتو توقیر نے اسے ایک کرائے کے مکان میں ٹھہرا رکھا تھا۔مگرفضیلت کوسختی سے کہیں آنے جانے سے روک دیا تھا۔شروع شروع میں فضیلت اگر کبھی کسی ہمسائی کیااصرار پہ مارکیٹ تک ہو آتی تو اس بات پہ خوب جھگڑے ہوتے۔فضیلت کا چھت پہ جانا بھی توقیر کوناپسند تھا۔پہلے پہل وہ لڑنے جھگڑنے کے بعدفضیلت کو یوں منالیتا کہ اسے اپنے ساتھ کہیں گھمانے پھرانے لے جاتا مگر وہاں جاکر بھی الگ مسلے شروع ہو جاتے کسی کے فضیلت کی طرف دیکھ لینے پہ یا پاس سے گزر جانے پہ ہی توقیر ہتھے سے اکھڑ جاتا اور بات مار دھاڑ تک پہنچ جاتی۔گھر آکر فضیلت کی بھی کلاس ہوتی کہ وہ ہی منہ بنائے بیٹھی تھی تو توقیر کو اسے لے کے جانا پڑا۔اور پھراس دن جب وہ توقیر کی غیرموجودگی میں بیرونی دروازے پہ دستک پہ ہمسائی کے خاوند سے بریانی وصول رہی تھی تو توقیر آ گیا تھا۔توقیر نے فضیلت کو مار مار کرادھموا کر دیا تھااور آئندہ اس کے گھر سے باہرایک قدم بھی رکھنے پہ پابندی لگادی تھی۔زندگی سے محبت لفظ کے تمام معنی روپوش ہوگئے۔توقیر شروع سے ہی رات کو دیر سے آتا تھا اب تو رات رات گھر سے غائب رہنے لگا تھا۔وہ ایک کھوکھلا مرد تھا جس کے پاس کسی عورت کو دینے کے

لیے نہ تو جسمانی راحت تھی نا ذہنی خوشی ۔فضیلت دھیرے دھیرے چپ ہوگئی اور وہاں اس نے اپنی سانسوں کی سہولت کے لیے ایک روزن تلاش کرلیا تھا گھر میں کچن اور واش روم کے علاوہ دو ہی کمرے تھے ایک بیڈ روم اور ایک ڈرائینگ روم۔ڈرائینگ روم میں ایک کھڑکی تھی اور اس کھڑکی میں فضیلت کے جینے کا کچھ سامان رکھا تھا اس کھڑکی میں بیٹھی وہ اپنے حصے کی دنیا دیکھتی رہتی وہ دنیا جو دس سال تک اس کا کل بن گئی۔اس دنیا میں توقیر کے علاوہ سب کچھ تھا وہ اس کھڑکی سے اپنے لیے زندگی کشید کرتی تھی ہنسنے رونے کے بہانے ،محبت ونفرت کی ہنگامہ خیزیاں ،حیرانی وتجسس کے فریب سب اس ایک کھڑکی سے کشید ہوتا تھا۔

جسم......جسم وہ کہاں تھا اسے نہیں یادتھا کہ توقیر کے ساتھ لمحہ وصل میں برہنہ جذبات نے کبھی آتشگی کے حظ اٹھائے ہوں اور اب تو امید رکھے بھی کئی سال گزر گئے۔مگر سالوں کی گنتی بھی اب بھولنے لگی تھی کھڑکی میں نمو پذیر وجود کو سالوں سے سروکار ہی کیا تھا روح کے لیے بہت سامان تھا مگر جسم۔جسم نے بھی اپنی عرضی جلد ہی فضیلت کے سامنے رکھ دی۔وہ روح کا بار اٹھا اٹھا تھک گیا تھا۔اپنے ہونے کا احساس دلانے لگا تھا۔اور تب اس کھڑکی ہی نے تو سامان راحت فراہم کیا تھا۔وہ جو باہر بیٹھا تھا تصور کی آنکھ سے اندر جھانکنے لگا تھا۔

دوپہر کا کھانا بناتے اسے اپنے ذہن وجسم پہ رستے زخموں کا خیال آتا جو توقیر اکثر وبیشتر اپنے ذہن کے انتشار کو کم کرنے کی خاطر اسکو دیتا تھا اندرون کے انتشار کو نکیل ڈالنے کے لیے جسمانی چارہ جوئی ضروری ہوتی ہے مگر اسکا جسم درست سمت میں انتشار کو رام کرنے کے قابل نہ تھا تو وہ فضیلت کو زدوکوب کر کے خود کی محرومیوں کے بھرم قائم رکھتا تھا۔

دوپہر کا کھانا بناتے وہ زخم رسنے لگتے اور نا جانے کہاں سے دوگرم اور پیاس سے بے قابو ہوتے ہونٹ کھڑکی کی جالیوں سے راستہ بناتے اسکی کمر کے زخموں پہ آکر پیوست ہو جاتے وہ مسروری ہوتی آنکھیں موندلیتی ان ہونٹوں کی گیلاہٹ اسکے وجود میں سرسرانے لگتی تو وہ جان لیوا کیفیت میں دیوار سے آلگتی اس کا جسم بے قابو ہوتا لباس کے ساتھ ساتھ خود سے بھی آزاد ہو جاتا اور وہ نیم جان سی کچن میں ہی زمان ومکان کے بندھنوں سے باہر نکل کر خود کو پالیتی۔تب کوئی اسکے کان میں سرگوشی کرتا۔

''تخیل کبھی معذور نہیں ہوتا دیکھ لیا تم نے اسکو کھڑکی سے باندھ کر رکھنا ناممکن ہے۔''

وہ سرشاری اٹھتی اور قدآور آئینے میں خود کے انگ انگ کو چھوتی سراہتی، چمکارتی رقص کرنے لگتی۔

''ہاں تخیل کبھی معذور نہیں ہوتا۔''

یہ تخیل کے پنکھ بھی تو اس کھڑکی سے ہی کشید ہوئے تھے۔وہ جو کھڑکی سے باہر بیٹھا تھا اس نے فضیلت کو ملے بغیر اس کے تمام دکھ بانٹ لیے تھے اور ایک وہ تھا جو ایک کمرے میں ساتھ ہوتا تھا مگر کبھی

فضیلت کے کسی جذبے میں اس کے پاس نہ ہوا تھا۔ شام گہری ہوتی جب رات کو آغوش میں بھرنے لگتی تو وہ اپنی وہیل چیئر گھسیٹتا فضیلت کی کھڑکی کے ساتھ آ لگتا۔ اور اس سے سرگوشیوں میں باتیں کرتا اس کو تمام محلے کے قصے سناتا۔ فضیلت اس کے ساتھ مل کر محلے کے پریمیوں کی ملاقاتوں سے لے کر شادیوں تک کے منصوبے بناتی۔ اس کے کہنے پہ فضیلت نے کتابیں سننی شروع کی تھیں۔ اور فضیلت اس کو سنتے کہانی کی وادیوں میں گھومتی رہتی۔ کتنے ناول تھے جو اس نے پڑھے اور فضیلت نے سنیں۔ زندگی یوں ہی گزر سکتی تھی مگر توقیر جو اسے ہر اتوار اپنے ساتھ بازار لے جاتا تھا کہ جو خریدنا ہے خرید لو اس پہ بھی اس نے پابندی لگا دی۔ وہ حیران تھا کہ فضیلت اتنی قید کے بعد بھی نکھرتی کیوں جارہی ہے حالانکہ اتوار کو وہ ستم گر جو کھڑکی سے باہر تھا اپنے گھر ہی رہتا تھا کہ اس کے سوتیلے بھائیوں کو کاروبار سے چھٹی ہوتی تھی تو وہ بھی گھر ہوتے تھے پھر بھی توقیر کو شک تھا کہ کوئی تو بات ہے کہ فضیلت پہ اس کے کسی ستم کا اثر نا ہوتا تھا تو اس دن فضیلت سے سچ اگلوانے کو فضیلت توقیر کے ہاتھوں بہت پٹی تھی تو اس نے خواہش کی تھی کہ کاش کوئی ہوتا جس کے سہارے وہ اس جہنم سے آزادی حاصل کر سکتی۔۔ تب اس رات اس وجود کے ساتھ لگ وہ بہت روئی تھی۔ وہ دیر تک اسے ڈھارس دیتا رہا۔ فضیلت نے اسے کہا کہ،

''وہ اسے سب کچھ مہیا کرتا ہے، ہر جذبے کا پاس رکھتا ہے مگر اسے امید کیوں نہیں دیتا۔ کیوں نہیں کہتا کہ تم ایک دن آزاد ہو جاؤ گی اور تمہارے گھر والے تمہیں قبول کر لیں گے گو تم نے گھر سے بھاگ کر بہت بڑا گناہ کیا مگر اس کی سزا تم کاٹ چکی۔ تم کیوں نہیں کہتے۔''

فضیلت ہچکیوں کے بیچ روتی تھی۔ تب اس نے کہا تھا۔

''حاصل سوائے لاحاصل کو جنم دینے کے کچھ بھی نہیں فضیلت۔ چاند پہ پہنچ جانا مریخ پہ پہنچ جانے کی حسرت کے سوا اور کچھ بھی نہیں۔ کیا جنت کے حاصل نے زمین کے لاحاصل کو جنم نہیں دیا تھا تم واپس جنت میں جا کر کیا کرو گی۔'' اور فضیلت اسے بے یقینی سے دیکھتی تھی۔

''شائد میں بھی اس کے جینے کا واحد سہارا ہوں مجھے کھو کر اس کے پاس بھی تو کچھ نہیں بچے گا۔ ایک واحد میں ہی تو ہوں جو اس کو ہر وقت سننے کو دستیاب رہتی ہوں۔ ماں باپ مر گئے اور سوتیلے بھائی کیوں کر اس کی سنیں۔ رات گئے اسے لینے آتے ہیں...... آہ...... میں بھی کتنی خود غرض ہوں اپنے محسن کو چھوڑ بھاگ جانا چاہتی ہوں۔'' درد اب ندامت کے آنسوؤں میں بدل گیا تھا۔

''فضیلت! دیکھو میں تم کو کسی ایسی شے کی امید رکھنے کے لیے نہیں کہہ سکتا جو حقیقت میں صرف سراب ہے...... دیکھو کس طرح تم یہاں بیٹھ تخیل کے پر اوڑھے تمام دنیا پھر آتی ہو۔ کیا تم نے جمیل

صاحب،تصوف صاحب، کنیز بوا یا جن جن کے گھروں کے واقعات میں تمہیں سنا تا ہوں ان کے گھر کبھی حقیقت میں گئی ہو۔نہیں نا! مگر تم تخیل کے گھوڑے پہ سوار ان سب کے گھروں تک پہنچ جاتی ہو۔ ہے کہ نہیں؟اس نے اشتیاق سے پوچھا تھا۔''

''ہاں ہاں تم درست کہتے ہو۔ مجھے تو اب یہ تک گمان ہو جاتا ہے کہ جمیل صاحب اپنی جمع پونجی کدھر رکھتے ہوں گے، اور راوف صاحب کی بیگم نے بیٹی کے جہیز کے لیے کتنے زیورات بنا لیے ہوں گے۔تم۔تم درست کہتے ہو۔''

فضیلت نے اس روز کے بعد اس کھڑکی کو جہنم سے تعبیر کرنا چھوڑ دیا تھا اور وہاں سے فرار کی امید اسے گناہ لگتی تھی۔کئی سال گزر گئے تھے اب تو۔امید نے اب بھول کر بھی ادھر کا رخ نہیں کیا تھا۔مگر اس دن زور کے بادل گرجے تھے کہ کھڑکیاں ٹوٹ ٹوٹ جاتی تھیں۔بدن نے شور مچا رکھا تھا اور فضیلت سرگوشیوں میں اسے چپ کراتی تھی۔مگر وہ سن کے نہ دیتا تھا۔بضد تھا کہ روح سے کچھ ہی دیر کو سہی فرار ہو۔وہ ناچنے لگی تھی اور بدن بارش کی بوندوں میں بھیگتا جاتا تھا۔زور سے بادل گرجا تو وہ آسودگی کی کھڑکی ٹوٹ گئی......وہ ہونٹ جو کب کے بے چین کھڑکی پہ دستک دیتے تھے گھر میں دھڑلے سے داخل ہوئے تھے اور فضیلت کے انگ انگ کو چومتے جاتے تھے۔وہ صحن کے بیچوں بیچ بھیگتی کانپتی ماہی بے آب سی کیفیت میں تھی مگر سکون تھا کہ جان نکالتا تھا۔اور تبھی توقیر بیرونی تالا کھول گھر داخل ہوا اس کے ساتھ اس کا کوئی دوست بھی تھا۔فضیلت کو بے لباس دیکھ اس نے فضیلت کی چٹیا کھینچ لاتوں اور گھونسوں کی بارش کر دی۔فضیلت جب نیم مردہ سی لڑھک گئی تو توقیر نے اسے طلاق دے دی تھی اور خود وہاں سے نکل گیا تھا۔

تین دن یونہی زندگی موت کے بیچ جنگ کرتے فضیلت نے جب ہوش کیا تو تمام واقعات یاد کر پریشان سی ہوگئی کہ اب وہ کہاں جائے گی۔ابا کا گھر کتنا پرایا ہوگیا تھا کہ وہاں جاتے شرم آتی تھی۔دس سال لاپتہ رہنے والی لڑکی بیٹی کہاں ہوتی ہے......وہ تو بدچلن و بدکردار عورت بن جاتی ہے۔عرصے بعد وہ بہت روئی تھی مگر پھر اسی کھڑکی نے جیسے ڈھارس بندھائی تھی۔ساتھ ہی ایک خوشی کی لہر اس میں کوند کر آئی۔

''باہر ہے وہ اور میں ہم دونوں ایک دوسرے کا ہمیشہ کے لیے سہارا بن جائیں گے۔کتنا بے وقوف تھا وہ۔نجانے اس رخ پہ کبھی کیوں نہ سوچا تھا اس نے۔اگر ماں کے گھر واپسی کی امید غلط تھی تو کیا وہ مجھے ہمیشہ کے لیے اپنے ساتھ کی امید نہ دلا سکتا تھا۔شائد اسے اپنی معذوری کی لاج آتی ہو مگر وہ نہیں جانتا کہ میں بھی تو معذوری کی زندگی گزارتی آئی ہوں اور پھر اس نے مجھے تخیل کے سہاروں سے چلنا سکھایا۔''

فضیلت اس دن خوب تیار ہوئی۔چوڑیاں، پائل اور گہنے پہنیں کاجل اور لپ اسٹک سے

خود کو سجایا۔ گھر کو دیکھ وہ کئی بار روئی کہ اب نہ جانے یہاں رہنا نصیب ہو یا نہیں...... کہ اب تو جہاں وہ وہاں فضیلت......سرشاری سی ہوتی اس نے گھر سے قدم نکالا تھا۔

آزادی کتنی بڑی نعمت ہے۔

وہ مسکرائی تھی۔

''وہ سامنے ہی تو ہوگا مجھے سامنے دیکھ کہیں وہیل چئیر چھوڑ مجھے تھام لے گا تو۔اُف جان ہی تو نکل جائے گی میری۔''

فضیلت نے جھکی نظریں اُٹھائی تھیں۔ سامنے پارک میں بچے کھیل رہے تھے اور جمیل صاحب جو روز فضیلت کی کھڑکی کے سامنے سے گزر دودھ لینے جاتے تھے اور جن کی تمام تر کہانیاں وہ سُن چکی تھی سامنے سے آرہے تھے۔مگر وہ......وہ کہاں تھا فضیلت نے حیرانی سے اردگرد دیکھا۔پچھلے دس سال میں اتوار کے علاوہ ایک دن بھی ایسا نہیں ہوا کہ وہ نا آئے......مگر آج......

''کہیں تو قیر نے تو اس کو......نہیں نہیں ایسا نہیں ہوسکتا۔''

پسلیوں میں دل بہت زور سے دھڑکا تھا۔

''جمیل صاحب!......جمیل صاحب......!!'' وہ ان کی طرف لپکی تھی۔مگر وہ سنتے کیوں نہ تھے۔ وہ تیز قدم اٹھاتی ان کے پاس پہنچ گئی۔

''جمیل صاحب میری بات سنیں۔''

''جی! آپ نے مجھ سے کچھ کہا؟''

''جی وہ میں فضیلت......خیر آپ مجھے کہاں جانتے ہوں گے مگر میں آپ کو بہت اچھی طرح سے جانتی ہوں جمیل صاحب! مہربانی فرما کر یہ بتا دیں کہ جو ادھر پارک کے پاس ایک اپاہج آدمی بیٹھتا تھا وہیل چئیر پہ......سوری میرے الفاظ شاید غلط ہیں۔آپ کا دوست جو ادھر بیٹھتا ہے روز وہ کہاں ہے؟ آج نظر نہیں آرہا۔'' فضیلت پر جوش لہجے میں بولی تھی۔

''محترمہ میں جمیل نہیں اور نہ ہی یہاں کوئی اپاہج آدمی کبھی میں نے دیکھا۔الحمدللہ! اس کالونی میں سب تندرست لوگ ہی رہتے ہیں۔''

فضیلت کو دھچکا لگا مگر فوراً سنبھلتی وہ دوبارہ گویا ہوئی۔

''آپ مذاق کررہے ہیں نا! چلیں اب بتا بھی دیں مجھ سے اب مزید دھوپ میں کھڑا نہیں ہوا جا رہا۔عرصہ ہوا یوں دھوپ اور روشنی کو دیکھے۔'' وہ بڑبڑائی تھی۔

''محترمہ آپ کو غلط فہمی ہوئی ہے۔ میں آپ سے مذاق کیوں کروں گا ؟ میرا نام منور ہے اور یہاں کوئی اپاہج آدمی کبھی نہیں دیکھا گیا۔''

فضیلت کے سامنے آسمان گھوم گیا تھا۔ وہ بھاگتی ہوئی راوف صاحب کے گھر گئی مگر وہاں سے کوئی شکور صاحب برآمد ہوئے۔شام تک ہر ہر جگہ اسے ڈھونڈ جب وہ نڈھال سی ہوگئی تو تھک کر پارک کے ایک کونے میں بیٹھ گئی۔اپنے تصور کے پنکھ سامنے رکھ وہ ماتم کرتی تھی۔مگر پھر نہ جانے کیا سوچ کر وہ زور زور سے ہنسنے لگی۔ساری حقیقت واضح ہوگئی تھی۔اس کی اصل دوست تو وہ خود ہی تھی۔تو اب رونا کس بات کا وہ ایک بار پھر ہنسی تھی۔اور تبھی وہ اس کے پاس آ بیٹھا تھا۔

''تم نے امید کا چہرہ کیوں نہ دیکھا فضیلت! یہ ناامیدی کے خمیر سے ہی طلوع ہوتا ہے۔میں چاہتا تھا کہ تم امید اپنے اندر خود پیدا کرو سو جانتے بوجھتے تم کو اس کے معنی نہ بتائے۔تم جو خزاں کے بعد بہار آنے پہ کھڑکی کھولتی ہوگی تو وہاں سوکھے درختوں پہ جو ننھے پتے چٹختے ہوں گے تو وہ امید تھے ان ناامید کوکھوں کے لیے جو خود کو بانجھ جان کر وقت کی دیوار پہ ابد کا راہ تکتی ہیں۔تم نے امید کو ہر چڑھتے سورج سے کشید کیوں نہ کیا جو ہر روز غروب سے پہلے خوب خوب جوبن پکڑتا تھا۔تم نے اپنے تخیل کے پنکھ اس قدر کمزور کیوں کر دیئے۔بعض دفعہ امید مستقبل کے کسی پرفسوں لمحے سے کشید کرنی پڑتی ہے۔تمہیں تخیل کے پنکھ سنبھال کر رکھنے چاہیے تھے۔کیا تم نے کتابیں پڑھنا چھوڑ دی تھیں۔سنو فضیلت! کتاب پڑھنا اور کتاب سننا دو الگ باتیں ہیں۔

کیا تم پارک کے اس خزاں زدہ بھورے گھاس کے اس پار ٹھاٹھیں مارتا سمندر دیکھ سکتی ہو؟''

اور اس بار فضیلت نیلے سمندر کی لہروں میں اٹھکیلیاں کرتی تھی اور وہ اس پہ پانی پھینکتا تھا تو بدن کے ساتھ روح تک سرشار ہو جاتی تھی۔

◀◀ ● ▶▶

● آسیہ رئیس خاں

رفاقت

''بھیا!'' دادی مجھے دیکھتے ہی مجھ سے لپٹ کر رونے لگیں۔ میں جو پچھلے آدھے گھنٹے سے بدترین وسوسوں اور خدشات سے نبرد آزما انھیں گلیوں میں ڈھونڈ رہا تھا، مطمئن سانس خارج کر کے ان کا سر تھپتھپانے لگا۔

''کتنی دیر سے یہاں بیٹھی انتظار کر رہی ہوں، کیوں اتنی دیر کر دی؟ میں کتنا ڈر گئی تھی۔'' وہ اس وقت برسوں قبل کے کسی منظر میں تھیں اور مجھے اپنا بڑا بھائی سمجھ رہی تھیں۔ وہ اکلوتا بڑا بھائی جو میری پیدائش سے قبل ہی اس دنیا سے کوچ کر گیا تھا۔ میں نے انھیں پرانی تصویروں میں دیکھا تھا بس۔

''سوری!'' میں نے ان کے چہرے سے پسینہ پونچھا اور دوپٹا سر پر درست کیا۔

''گھر چلیں، سب انتظار کر رہے ہیں۔''

''ہاں چلو چلو......'' انھوں نے مضبوطی سے میرا ہاتھ پکڑا۔

دادا کے بعد یہ تیسری دفعہ ہوا تھا کہ وہ تنہا گھر سے نکل کر راستہ بھول گئی تھیں۔ اب تک دادا ہی ان کا خیال رکھتے تھے اور ان پر نظر بھی۔ ان کے بعد ہم سب کتنی بھی کوشش کرتے، ایک دادا کے مقابلے میں ہم سب کوششیں کم پڑ جاتی تھیں۔

علامتوں کا ظہور بتدریج ہوا تھا۔ سب سے پہلے وہ اعداد و شمار اور تاریخ میں گڑ بڑ کرنے لگی تھیں۔ پھر وقت اور پہر کا اندازہ بگڑا۔ دوپہر میں آواز لگاتیں کہ ابھی تک ناشتہ نہیں دیا، رات میں دو بجے دادا کو فجر کے لیے اُٹھاتیں کہ جلدی کریں سورج نکلنے ہی والا ہے تو کبھی دوپہر میں انھیں کہتیں کہ مارننگ واک کا وقت ہو گیا ہے۔ پھر وہ چیزیں اور جگہیں بھولنے لگیں۔ ان کی غائب دماغی نے باورچی خانے اور غسل خانے میں قدرے بڑے حادثے رونما کیے تو صبا کے اصرار پر میں انھیں ڈاکٹر کے پاس لے گیا ورنہ امّی ابّا اور دادا تو اسے عمر کا تقاضہ اور نسیان مان کر طبی مدد کو تیار نہ تھے۔ ڈاکٹر سے ملی الزائمر کی خبر نے سب کو فکرمند کر دیا۔ ڈاکٹر نے بہت تفصیل سے بات کی تھی۔ وہاں تو وہ بڑے تحمل سے سب سنتی رہی تھیں لیکن گھر آ کر رونے لگیں تو دادا نے ان کے ہاتھ تھام کر کہا تھا۔

''میں ہوں ناں...... تمھیں سنبھالوں گا بھی اور سب یاد بھی دلاتا رہوں گا۔''

اور پھر دادا نے واقعی یہ مشکل اور صبر آزما ذمہ داری اپنے سر لے لی تھی۔

''کاش یاد دلانا اتنا آسان ہوتا۔''

آنے والے مہینوں میں کتنی بار میں نے دادا کی گیلی آنکھیں دیکھ کر یہ سوچا تھا۔ جب دادی بالکل اجنبی نظر سے انھیں دیکھتیں یا ان کی مکمل بات سن کر پوچھتیں، ''آپ کون؟'' اور دادا خوشدلی سے کہتے ''تمھارا اپنا ہی ہوں۔'' اور دادی بھی ''اچھا!'' کہہ کر انھیں بغور دیکھتے ہوئے یاد کرنے کی کوشش کرتیں۔

آہستہ آہستہ وہ ماضی قریب اور حال بھولتی گئیں اور ان کی پرانی یادیں تازہ ہوتی گئیں۔ کبھی انھیں جوانی کا کوئی قصہ یاد آ جاتا، کبھی اپنے والدین کی کوئی بات تو کبھی اپنے بہن بھائیوں کی اور کبھی ابا اور پھوپھو کے وہ قصے جو انھیں بھی یاد نہ تھے۔

امی مشکوک ہو جاتیں کہ ایسا کیسے ہوسکتا ہے۔ ابھی کی بات یاد نہیں اور گڑے مردے اکھاڑے جا رہے ہیں۔ ایسے میں صبا انھیں چھیڑتی کہ ''پھوپی یہ خاندانی بھی ہوسکتا ہے، اللہ کو ناراض نہ کریں۔''

دراصل امّی کا مزاج ہی کچھ ایسا تھا۔ انھیں دادی کی اکثر باتوں پر اعتراض ہوتا تھا اور برسوں کے مشاہدے سے میں نے یہ نتیجہ اخذ کیا تھا کہ امّی کی یہ نفسیات دادا دادی کی ازدواجی زندگی اور ابا اور ان کی ازدواجی زندگی کے تضاد کی وجہ سے تھی۔ بقول امّی، ابا کا مزاج، ٹھنڈا اور دھیما تھا۔ رومانس انھیں چھو کر بھی نہیں گزرا تھا۔ جب کہ دادا دادی اپنی محبت اور رشتے کی گرم جوشی نہ چھپاتے تھے نہ اس پر شرمندہ ہوتے تھے۔ دادا دادی کو چھیڑتے رہتے، کبھی رومانی شعر سناتے، تو کبھی اخبار پڑھ کر سناتے، چہل قدمی کو جاتے تو دادی کا ہاتھ تھامے رہتے۔ دادی اپنے لگائے پودوں سے پھول توڑ کر بالوں میں سجاتیں تو کبھی چنبیلی اور موتیا کے گجرے لگاتیں۔ کاجل تو ہمیشہ ان کی آنکھوں میں سجا رہتا۔ وہ کہتیں تیرے دادا کو کوری آنکھیں بالکل نہیں پسند۔ بالوں میں پابندی سے مہندی لگاتی تھیں۔ اب صبا کے آنے کے بعد صبا سے ہاتھوں پر بھی شوق سے مہندی لگواتی تھیں۔ امّی کو یہ سب 'چونچلے' لگتے اور اب صبا بھی دادی کے ان چونچلوں میں شامل رہتی۔ صبا تھی تو امّی کی بھتیجی لیکن مزاج ان کے برعکس تھا۔ وہ بہت حساس اور ہمدرد تھی۔ یہ صبا کا 'آئیڈیل بڑھاپا' تھا۔ وہ اکثر مجھے کہتی، ''ذیشان مجھے ہمارا بڑھاپا بھی ایسا ہی چاہیے۔ آپ دادا دادی کو دیکھ کر ہوم ورک کر لیں۔''

دادا کی محبت اور ہمت کی وجہ سے دادی کی بڑھتی علامتوں، دشواریوں اور جسمانی پریشانیوں کے باوجود سب ٹھیک ٹھاک چل رہا تھا کہ ایک رات دادا ایسے سوئے کہ پھر جاگ ہی نہ سکے۔ دادا کی میت کو دیکھ کر جب دادی نے تاسف سے کہا، 'اچھا انسان تھا بے چارہ چلا گیا۔' تو سب کے لیے صبر کرنا مشکل ہو گیا

تھا۔ دادا کی زندگی میں بھی کبھی کبھی وہ دادا کو پہچانتی تھیں اور ان کے جانے کے بعد بھی اکثر ان کا پوچھتیں،
''کہاں گئے؟ ابھی تک آئے نہیں؟''

دادا کے بعد یہ مشکل کام ہم سب کے ساتھ ساتھ خاص طور پر صبا نے سنبھال لیا تھا۔ اس کی لاابالی طبیعت اور کم عمری کے لحاظ سے یہ اس کے لیے ہرگز آسان نہ تھا اور سچ کہوں تو میں روز اسے دیکھ کر نئے سرے سے حیران ہوتا تھا۔ امّی کی بھتیجی کی یہ خوبیاں میرے لیے نئی تھیں۔

''ذیشان!'' میں سمجھ رہا تھا وہ سوگئی ہے لیکن صبا کی پُرسوچ پکار پر میں نے اس کی سمت کروٹ بدلی۔

''ہمم......؟''

''جس دن دادا کا انتقال ہوا انھوں نے میری اور دادی کی باتیں سن لی تھیں۔'' اس کے سنجیدہ اور آزردہ انداز پر میں چونکا لیکن چپ رہا کہ کوئی خاص بات ہے جو وہ کہنا چاہ رہی تھی۔

''اس دن دادی مجھے اپنی بچپن کی سہیلی شنو سمجھ کر اپنے راز بتا رہی تھیں کہ اس عید پر عارف نے انھیں سب سے چھپا کر چوڑیاں تحفے میں دی ہیں، ان دونوں نے منت مانگی ہے کہ اس کی اماں مان جائیں اور یہ کہ اس سے شادی نہ ہوئی تو میں مر جاؤں گی شنو۔'' میرا دل بری طرح دھڑک رہا تھا۔

''میں نے آج ابّا سے پوچھا عارف کے متعلق کہ وہ کون تھے۔'' اس کی آنکھیں بھر آئی تھیں۔

'' انھوں نے بتایا کہ وہ دادا کے سب سے اچھے دوست تھے۔'' میں نے بے اختیار ہاتھ بڑھا کر اسے قریب کیا اور وہ رونے لگی۔ میں نہیں چاہتا تھا صبا اس وقت میرا چہرہ دیکھے۔

اگلے دن آفس میں میں پورا دن بے قرار رہا۔ صبا کی باتیں میرے ذہن سے نکل ہی نہیں رہی تھیں۔
شام میں میں کمرے میں آیا تو وہ الماری کھولے کھڑی تھی۔

''صبا!'' میں فیصلہ کر کے آیا تھا۔

''ارے، جلدی آ گئے آج!'' وہ پلٹی۔

''مجھے کچھ کہنا ہے۔'' میں دروازہ بند کر کے اس کی سمت بڑھا۔

میں نہیں چاہتا تھا صبا کا 'آئیڈیل بڑھاپا' خراب ہو۔

◀◀ ● ▶▶

● تاج الدین محمد

سو روپے کا نوٹ

مجھے کالج سے آتے ہوئے آج کافی دیر ہوگئی تھی۔ صبح بغیر ناشتے کے ہی گھر سے نکل پڑا تھا۔ بھوک کی شدت آنتوں میں اینٹھن ہو رہی تھی۔ میں بچپن سے ہی ٹھیلے ریڑی پر کچھ کھانے پینے کا عادی نہیں ہوں۔ اگر کبھی دوستوں کے اصرار پر کھا بھی لیا تو قے ہونا یا پیٹ میں درد اور مروڑ ہونا لازمی تھا۔ گھر میں داخل ہوتے ہی پہلا جملہ میرے منہ سے نکلا۔

''ماں جلدی سے کچھ کھانے کو دو، تیز بھوک لگی ہے۔'' کرایے کے معمولی سے گھر میں باورچی خانہ نہیں تھا۔ ایک کمرے کو ہی امی نے باورچی خانہ بنایا ہوا تھا۔ ایک مٹی کا چولہا جس میں دو چھوٹے بڑے منہ تھے، جسے مٹی سے لیپ پوت کر سجا سنوار دیا جاتا تھا۔ لکڑی اور کوئلے کا زمانہ تھا، جس سے کھانا بنتا تھا۔ آجکل کی طرح کوئی نعمت خانہ بھی نہیں ہوا کرتا تھا۔ چولہے کے آس پاس ہی برتنوں کو قرینے سے سجانا اور دو چار کیلوں کو دیوار میں گاڑ کر بھاری برتنوں کو ٹانگ دینا عورتوں کا خاص ہنر تھا۔ لیکن آج یہ کیا؟ آج تو چولہے میں آگ نہیں تھی اور سب سنسان پڑا تھا؟ برتن سب دھلے دھلائے سلیقے سے سجے ہوئے تھے۔ بے ترتیبی اور بے قاعدگی ہی کسی مثبت تعمیر کا اشارہ دیتی ہے۔ ماں کمرے کے دوسری جانب الماری کے نیچے کچھ تلاش کرنے میں مشغول تھیں۔ انہوں نے ایک نظر میری طرف دیکھتے ہوئے پوچھا۔

''آج کالج سے جلدی آ گئے؟'' بجھی بجھی سی آنکھیں، تھکی ہوئی نڈھال سی طبیعت اور مایوسی چہرے پر صاف جھلک رہی تھی۔ میں نے سر ہلا کر بے دلی سے اثبات میں جواب دیتے ہوئے پوچھا۔

''سب خیریت تو ہے...... بہت پریشان لگ رہی ہیں...... کیا بات ہے...... کیا تلاش کر رہی ہیں...... آج کھانا نہیں بنا...... اور سب تو ٹھیک ہے نا...... کیوں خاموش سی ہیں؟'' بہت سارے سوالات بھوک کی شدت نے پیدا کیے تھے۔ ورنہ میں ایک بار میں اتنے سوالات کرنے کا کبھی عادی نہیں رہا۔

انہوں نے میری جانب نگاہ اٹھائی اور مایوسی بھری نظروں سے میری طرف دیکھتے ہوئے بوجھل قدموں سے آگے بڑھ کر ٹوٹی پھوٹی آواز میں کہنے لگیں۔

''سو کا نوٹ کہیں گم ہوگیا ہے۔ صبح سے پورا گھر تلاش مارا، کہیں نہیں ملا۔ بس وہی پیسہ تھا ہمارے

پاس، اسی لیے کھانا نہیں بنا سکی۔ سوچا پڑوس سے کچھ لا کر بنا دوں، لیکن دل کسی کے سامنے ہاتھ پھیلانے پر آمادہ نہیں ہوا۔ پھر خیال آیا کہ دکاندار سے ادھار لے آؤں، لیکن اگلے ہی لمحے یہ سوچتے ہوئے رک گئی کہ یہیں کہیں گر گیا ہوگا مل ہی جائے گا۔ وقت کا پتہ ہی نہیں چلا، اور تم آ گئے؟''

''بس اتنی سی بات کے لیے اتنا پریشان ہونے کی کیا ضرورت ہے؟'' یہ کہہ کر نوٹ گم ہونے کا وقت اور جگہ پتہ کر کے میں ادھر ادھر تلاش کرنے میں لگ گیا۔ امی کافی تھک چکی تھیں۔ تھکن محنت و مشقت کی نہیں، مایوسی و ناامیدی کی تھی، قلت و تنگدستی کی تھی، غربت و افلاس کی تھی۔ تہی دستی اور پریشانی کی تھی۔ یہ سب زندگی کے وہ لا حاصل بوجھ تھے جو زندگی کو اجیرن بنا دیتے ہیں اور وقت پہاڑ کی مانند کٹتے نہیں کٹتا۔ یہ ان دنوں کی بات ہے جب سو روپے کے نوٹ سے گھر میں ہفتے بھر کا راشن آرام سے آجایا کرتا تھا۔

میں کالج سے فارغ اوقات میں ایک پریس میں پروف ریڈنگ کا کام کرلیا کرتا تھا۔ جس سے میرے پڑھنے لکھنے کا خرچ نکل آتا تھا، اور پاکٹ خرچ بھی پورا ہو جاتا تھا۔ اور اسی معمولی سی رقم سے گھر میں گاہے گاہے کچھ دے دینا بھی میرا معمول تھا۔ پریس کا مالک نہایت کنجوس اور سخت دل آدمی تھا۔ ایڈوانس کے نام پر تیوریاں چڑھا لینا اس کی فطرت تھی۔ اس لیے ملازمین سخت ضرورت اور مجبوری کی حالت میں بھی اس سے اپنی پریشانی بیان کرتے ہوئے جھجھکتے اور گھبراتے تھے۔

تبھی ماں نے مدھم سی آواز میں کانوں کے پاس آ کر کہا۔

''تم کہہ رہے تھے کہ تمہیں بھوک لگی ہے؟ پڑوس سے کھانے کے لیے مانگ کر کچھ لا دوں؟'' لیکن فوراً ہی انہیں خیال آیا، کہنے لگیں، کچھ بہانہ بنا دوں گی۔ یہ وہی ماں تھی جس نے میری بھوک کی خاطر اب اپنی خودداری کو طاق پر رکھ دیا تھا۔ میں نے ان کا سر چومتے ہوئے کہا۔

''بھوک کا کیا ہے، اب اتنی بھی بھوک نہیں کہ میں ایک گھنٹہ صبر نہ کرسکوں؟ جوان آدمی کو بھوک لگتی ہے، تو وہ اسے سہنا بھی جانتا ہے، آپ ایسا کیجئے چائے بنا لیجئے، میں جب تک نوٹ تلاش کر رہا ہوں۔''

چائے بن چکی تھی۔ انہوں نے مجھے چائے کی پیالی پکڑاتے ہوئے کہا۔

''میں اب عصر کی نماز پڑھنے جا رہی ہوں۔ اللہ سے دعا کروں گی...... شاید کہیں مل جائے۔ جہاں میری نگاہیں نہ پہنچ سکیں ہوں ممکن ہے وہاں اللہ کی رحمت پہنچ جائے۔ شاید کسی موذی چوہے کے ہاتھ لگ گیا ہوگا اور کمبخت نے ہماری غربت میں چار چاند لگا دیے۔ اللہ اسے غارت کرے۔'' مایوسی نے انہیں کافی مضمحل اور نڈھال کر دیا تھا، اور حد درجہ دکھی اور رنجیدہ بھی۔ نوٹ گم ہونے کا ملال چہرے سے صاف ظاہر تھا۔

ماں وضو کر کے نماز میں مشغول ہوگئی تھیں کہ اچانک میرا خیال دروازے کی جانب چوہے کے

باہر نکلنے کی جگہ پر گیا۔ ماں نماز سے فارغ ہو کر دعا کے لیے ہاتھ اٹھائے ہوئے تھیں کہ میں نے سو کا نوٹ ہاتھوں میں رکھتے ہوئے کہا۔

''لو مل گیا، اللہ نے آپ کی دعا سن لی۔'' ماں اپنے دونوں ہاتھوں کو چہرے پر پھیرتے ہوئے حیرت سے مجھے تکتے ہوئے کہنے لگیں۔

''میں نے تو کوشش کی ساری حدیں پار کر دیں، لیکن بد بخت ملا ہی نہیں۔ اللہ تمہیں خوش رکھے، ایک مرد کی موجودگی گھر والوں کو کبھی تنہا اور اداس نہیں ہونے دیتی۔ دیر سویرا امیدیں بر آتی ہیں۔ انسان کو کبھی اتنا جلدی مایوس و ناامید بھی نہیں ہونا چاہیے۔''

اس بات کو ہفتوں گزر چکے تھے۔ آج گھر میں بھائی اور دو بہنوں کے اسکول کی فیس ادا کرنے کو پیسے نہیں تھے۔ میری تنخواہ کا وقت ابھی پورا نہیں ہوا تھا۔ ماں نے سب کو تسلی دیتے ہوئے کہا۔

''آج تمہارے ماموں آنے والے ہیں۔ ان سے سو روپیہ دل پر جبر کر کے ادھار مانگ لوں گی لیکن تم سب کا اسکول کل سے ناغہ نہیں ہوگا۔'' اسکول سے کئی بار بچوں کی معرفت زبانی نوٹس آچکا تھا۔ اسکول انتظامیہ نے اسکول آنے سے صاف صاف منع کرتے ہوئے کہہ دیا تھا، پیسے لے کر ہی آنا، ورنہ مت آنا۔ ماں صبح سے پریشان تھی۔ بے بضاعتی و بے مائیگی نے اسے وقت سے پہلے بوڑھا کر دیا تھا۔

دوپہر سر پر تھی۔ سورج آسمان کے سینے میں دہک رہا تھا۔ کھانا بن چکا تھا۔ میں آج کالج نہ جا کر کچھ ضروری کام سے پیسے کی فکر لیے ہوئے سیدھے پریس کو نکل گیا۔ ماں نے دونوں بہنوں کو حکم صادر کر دیا تھا۔

''تم دونوں آج گھر کی پوری طرح صاف صفائی کر لو۔ بستر کو درست کر دو۔ بیڈ کے نیچے جھاڑو لگا دو۔ چولہے کی راکھ کو نکال کر باہر پھینک آو۔ کتابوں کو ترتیب سے سجا دو۔ جھالے جھاڑ دو۔ الماری صاف کر لو۔ وقت ملے تو بچے ہوئے کپڑے دھو ڈالو۔ ہو سکے تو باہر کی نالی بھی صاف کر دو۔''

سورج اب اپنی تپش کھو چکا تھا۔ دھوپ میں شدت برائے نام تھی۔ ماں نے بستر کو دھوپ میں رکھ چھوڑا تھا۔ بستر اٹھا کر بیڈ پر رکھتے ہوئے دیوار کی جانب انہیں کچھ دکھائی دیا۔ وہ ٹھٹھک کر رہ گئیں۔ انہوں نے اسے اچھی طرح دیکھ کر اپنی ہاتھوں میں دبا لیا۔ تھوڑی ہی دیر میں سب کچھ سمجھ گئی تھیں۔ زار و قطار رونے کی آواز سن کر بہن کمرے میں آکر پوچھنے لگی۔

''کیا ہوا امی؟ اچانک اتنا رو کیوں رہی ہیں؟ مجھے بھی تو کچھ بتائیے؟'' لیکن آج ان کی ہچکی بندھ گئی تھی۔ مٹھی بندھی ہوئی تھی اور آنکھوں سے آنسو جاری تھے۔

میرا کام ختم ہو چکا تھا۔ میں جیسے ہی گھر میں داخل ہوا، آہٹ پا کر بہن جلدی سے دروازے پر آئی

اور کہنے لگی۔

''امی بہت رو رہی ہیں، ان کی مٹھی میں کچھ ہے؟ میں نے کئی بار پوچھا، لیکن وہ نہیں بتا رہی ہیں، نہ ہی مٹھی کھول رہی ہیں۔ کہہ رہی ہیں، تمہارے بھائی کو ہی دکھاؤں گی۔ میں نے تو ایسی کوئی غلطی نہیں کی ہے؟ کیا آپ نے؟'' کہہ کر میری جانب دیکھنے لگی۔

میں جلدی سے ماں کے پاس پہنچا۔ سمجھ نہیں آ رہا تھا کہ کیا ہوا ہے۔ پاس جا کر ان کا سر سہلاتے ہوئے آہستہ سے پوچھا۔

''کیا ہے مٹھی میں؟ کیوں رو رہی ہیں؟ مجھے تو دکھایئے؟'' میرے پوچھنے پر انہوں نے مٹھی کھول دی۔ مڑے ہوئے بوسیدہ اور پسینے سے شرابور کھویا ہوا سو روپے کا نوٹ ان کی ہاتھوں میں تھا۔ انہوں نے مجھے گلے سے لگا لیا۔

اس دن وہ خوب روئی تھیں، اور ساتھ ساتھ مجھے بھی رلایا تھا۔

● نشاط پروین

شور

"اف خدا! یہ شور شرابا۔"

ابھی تو فجر کی نماز پڑھ کر سوئی ہوں۔ نیند بھی پوری نہیں ہوئی ہے۔نماز پڑھ کر جو سوتی ہوں تو پھر سات بجے سے پہلے اٹھتی نہیں ہوں لیکن نیند کیا خاک آئے گی ۔ صبح سے ہی شور شرابا شروع ہو جاتا ہے۔کالونی میں جتنے بھی گھر ہیں سب آپس میں جڑے ہوئے ہیں۔کسی گھر میں کوکر کی سیٹی بج رہی ہے تو کوئی ٹیمپو والا ہارن دیتا ہے۔کوئی رکشے والا کسی بچے کا نام لے کر پکار رہا ہے...... جلدی کرو...... دیر ہو جائے گی ۔۔۔ ہر طرف گہما گہمی رہتی ہے۔میرے گھر کے نچلے حصے میں کرائے دار رہتے ہیں۔ان کے بھی دو چھوٹے بچے ہیں۔ وہ لوگ بھی سویرے ہی اُٹھ جاتے ہیں۔ٹفن پیک کرنا...... ڈریس پہنانا...... یہ سب کام خاموشی سے بھی ہو سکتے تھے...... لیکن نہیں جو کام بھی ہوگا شور شرابہ کے ساتھ ہی ہوگا۔سبھی آوازیں کان میں چھید کرتی ہوئی نکلتی ہیں۔جب سارے بچے اسکول چلے جاتے تو بالکل سناٹا چھا جاتا ہے۔کہیں سے کوئی آواز نہیں آتی۔سارا ماحول پُرسکون ہو جاتا ہے۔ایسا لگتا ہے کہ جیسے سبھی لوگ اپنے بچوں کو اسکول بھیج کر پھر سے گہری نیند کی آغوش میں کھو گئے ہوں۔لیکن اب میرے اُٹھنے کا وقت ہو جاتا ہے۔میں اپنی نیند کو خیر باد کہہ کر تیار ہو جاتی ہوں۔ پھر تو مجھے بہت سارے کام کرنے ہوتے ہیں۔میرے شوہر کو بھی آفس جانا ہے۔لیکن پہلے انہیں بیڈ ٹی بنا کر دینا ہے، ہلکے ناشتہ کے ساتھ۔ ہر بات کا خیال رکھنا ہے۔پھر سوچنا کہ ناشتے میں کیا بنانا ہے...... لنچ میں کیا لے جانا ہے؟ ان سے مشورہ کر کے میں اپنے کاموں میں لگ جاتی ہوں۔وقت پر سب کام کر دینا ہے۔

ان کے جانے کے بعد گھر کے بچے ہوئے کاموں کو نپٹانا۔ یہ سب روز کا معمول ہے۔دن کے وقت میں اپنی نیند پوری کرنا چاہتی ہوں۔لیکن جیسے ہی نیند آئے گی، کوئی نہ کوئی آ جائے گا...... کسی نہ کسی کام سے۔لگتا ہے جیسے سب کو پتہ ہے کہ میں سوئی ہوئی ہوں۔گھر میں اکیلی ہوں۔اس لیے ہر وقت الرٹ رہنا پڑتا ہے۔کون کب آ جائے۔اس لیے اب تو دن میں سونا بھی حرام ہو گیا ہے۔آنکھ بند بھی کرتی ہوں تو نیند نہیں آتی۔دیر رات گئے تک جاگنے کا اب تو فیشن بن گیا ہے۔دیر رات تک جاگنا...... صبح لیٹ سے اُٹھنا۔

کبھی کبھی رات میں نیند بھی اُچٹ جاتی ہے اور پھر کب آتی ہے پتہ بھی نہیں۔ چلتا دماغ میں الارم فٹ ہے۔ جیسے ہی کانوں میں اذان کی آواز آئے گی، نیند کھل جائے گی۔ اذان سن کر میں اُٹھ جاتی ہوں۔ نماز پڑھتی ہوں، پھر سو جاتی ہوں۔ ابھی نیند بھی نہیں آتی ہے کہ کالونی میں ہلچل مچ جاتی ہے۔ ورکنگ ڈے ہے۔ سب کے پاس الگ الگ طریقے کے کام ہیں۔ آلو پیاز والا، سبزی والا، دودھ والا، مچھلی والا...... ساری آوازیں گونجنے لگتی ہیں۔ سب کو صبح صبح ہی آنا ہوتا ہے۔ ساری آوازیں کانوں سے ٹکراتی ہوئی...... میری پیاری سی نیند کو بھگاتی ہوئی...... مجھے اپنے بیڈ کو خیر باد کرنے پر مجبور کر دیتی ہیں۔

لیکن آج میرے کان سے ایک الگ آواز ٹکرائی۔ آپ ابھی تک سوئی ہیں...... نیند پوری نہیں ہوئی ہے؟ سات کب کے بج چکے ہیں۔

میں آنکھ ملتی ہوئی اُٹھی۔ بالکنی سے جھانک کر باہر دیکھا تو ہر طرف سناٹا چھایا ہوا تھا۔ کہیں کوئی ہلچل نہیں تھی۔ سب اپنے اپنے گھروں میں دبکے ہوئے تھے۔ کیونکہ پورے ملک میں لاک ڈاؤن نافذ کر دیا گیا تھا۔ نہ کسی کو کہیں جانا ہے نہ کسی کو آنا ہے۔ اسکول، کالج، آفس سب بند پڑے تھے۔ کسی کو کوئی جلدی نہیں تھی۔ میری رگ و پے میں عجب طرح کا سکون اُترتا چلا گیا۔ کیا میں کوئی خواب دیکھ رہی تھی؟ میں نے اپنے بازو میں ہلکی سی چٹکی لی۔ نہیں یہ حقیقت تھی۔ آج بچوں کو اسکول نہیں جانا تھا۔ بڑوں کو آفس نہیں جانا تھا۔ سبزی والے، ٹھیلے والے سب غائب تھے۔ میں نے ایک زور کی سانس لی اور اس پُرسکون فضا کو اپنے اندر اُتار لیا۔

پھر چند روز ایسے ہی پُرسکون گزرے لیکن دھیرے دھیرے یہ خاموشی مجھے اندر ہی اندر کاٹ کھانے لگی۔ کہیں کوئی آواز، کوئی شور نہیں۔ صرف پرندوں کے چہچہانے کی آوازیں آتیں۔ سبھی لوگ اپنے اپنے گھروں میں بند تھے۔ بازار بند تھے۔ لوگ بے روزگار ہو رہے تھے۔ آخر بھوک نے لوگوں کو گھر سے نکلنے پر مجبور کر دیا۔ مدد مانگنے والوں کی قطاریں لگنے لگیں۔ کئی مددگار ہاتھ آگے آنے لگے۔ گلی میں آوازیں سنائی دینے لگیں۔ لیکن اسکول کالج ابھی تک بند تھے۔ انہیں آفس بھی جانا نہیں تھا۔ صبح کو رکشے والیا اور ٹیمپو والے کی آواز بھی سنائی نہیں دیتی۔ میں آرام سے دیر تک سوئی پڑی رہتی۔

ایک روز میری کالونی میں ایک دل دہلا دینے والا حادثہ پیش آیا۔ ہوا یہ کہ ہمارے پڑوسی جو دہلی کے کسی ہسپتال میں زیر علاج تھے، وہ انتقال کر گئے۔ یہاں ان کا گھر تھا۔ سارے رشتہ دار یہاں تھے۔ اس لیے ان کے گھر والے انہیں ایمبولنس سے لے کر یہاں آ گئے۔ اب کیا تھا، کالونی والوں کو خبر لگ گئی۔ کسی نے افواہ اڑا دی کہ انہیں تو کرونا ہو گیا تھا۔ اس وقت دلی میں یہ مرض بہت زیادہ پھیلا ہوا تھا۔ پوری کالونی میں ہلچل مچ گئی۔ لوگ ایمبولنس کو کالونی کے اندر داخل نہیں ہونے دے رہے تھے۔ انہیں لگ رہا تھا کہ لاک

ڈاؤن کی وجہ سے پہلے ہی سے بہت ساری پریشانیوں کا سامنا کرنا پڑ رہا ہے۔ اگر کہیں خدانخواستہ پوری کالونی سیل کر دی گئی تو نہ جانے اور کیا ہوگا۔ لیکن پھر کچھ سنجیدہ لوگ سامنے آئے۔ انہوں نے سبھوں کو سمجھایا کہ اگر یہ کرونا کا کیس ہوتا تو ہسپتال والے لاش افراد خانہ کو سپرد ہی نہیں کرتے بلکہ اوپر ہی اوپر آخری رسومات ادا کر دی جاتیں۔ خیر ایمبولنس کالونی کے اندر آئی اور میرے ہی گھر کے سامنے رکی۔ پوری کالونی میں سناٹا پسر گیا۔ بہت سارے لوگ اپنے اپنے گھروں میں بند ہو گئے۔ میں نے بھی اپنے گھر کی ساری کھڑکیوں اور دروازوں کو بند کر دیا۔ ڈر کے مارے میرا چہرہ پیلا پڑ گیا تھا۔ دہشت کے مارے میری روح کانپ رہی تھی۔ ہر شخص کو اپنی جان پیاری ہوتی ہے۔

اب دھیرے دھیرے حالات معمول پر آرہے ہیں۔ بازار اور آفس کھلنے لگے ہیں۔ سڑکوں پر لوگوں کی آمد و رفت شروع ہو گئی ہے۔ لیکن وہ پہلے جیسی چہل پہل نہیں ہے۔ بچوں کے اسکول ابھی تک بند ہیں۔ صبح سات آٹھ بجے تک گلی میں سناٹا ہی چھایا رہتا ہے۔ کبھی کبھی یہ سناٹا بہت کھلنے لگتا ہے۔ میری نیند پوری ہو یا نہ ہو، بچوں کا شور پھر سے سنائی دے۔

◀◀ ● ▶▶

منتخب عصری افسانوں کا ایک اور مجموعہ

منتخب عصری افسانے: 2

مرتبہ : اقبال حسن آزاد

بین الاقوامی ایڈیشن جلد منظر عام پر آ رہا ہے